鎌倉駅徒歩8分、空室あり

鎌倉車站徒步八分鐘，空房招租中

越智月子

侯萱憶 譯

目次

七歲生日那天，初次喝到父親沖給我的咖啡。

「妳要不要試試自己磨豆子？」

「可以嗎？」

我小心翼翼地接過有著獅子標誌的磨豆機。

我坐在水槽前的凳子上，父親總是這樣坐著，用雙腿夾著磨豆機。我的腳不夠長，踩不到地板。感覺有點搖搖晃晃，不太穩定。

「抓著手柄往順時針方向轉。」

木製把手比我想像還沉，需要更多力氣轉動。嘎啦、嘎啦啦。我的手心感覺得到，機器正在磨碎堅硬的豆子。

我操作機器的聲音，和平時聽起來悅耳的聲音不一樣。

嘎啦、嘎啦、嘎啦啦……

笨拙、令人難為情的聲音在廚房裡迴盪著。我繼續轉動著把手柄，漸漸地，握住把手的手逐漸變得輕鬆起來。

「應該磨好了。」

父親有些下垂的眼角，出現笑紋。

「妳打開看看。」

我打開磨豆機底部的小小抽屜。橢圓形的豆子，變成小小的顆粒。

父親將抽屜裡的顆粒倒進濾杯中，一隻手搭在水槽上，另一隻手拿著手沖壺，從中心開始注入熱水，再慢慢向外畫圓。

「今天用的是什麼豆子？」

「爸爸特調咖啡。」

「特調？」

「嗯，瓜地馬拉、肯亞、衣索比亞，我都放了一些。豆子有自己的特色，有些尖銳刺激，有些香甜馥郁，調整比例不太容易。不過，多次沖泡就能慢慢地掌握到訣竅，沖出順口的最佳風味。」

父親看著玻璃容器內部，面露微笑。

「好了，熱水已經全部流完了。接下來是重頭戲。」

他緩緩地搖晃三次咖啡下壺。

「『變好喝吧！』記得要在心裡默唸這個咒語。」

父親說完，在藍色馬克杯中注入咖啡液。

「味道怎麼樣？」

黑色的液體像是黑洞，好像要把我吸進去；好好奇是什麼味道，我心中的期待越來越大了。

「好——苦喔。」

父親拿出牛奶和砂糖。

「那，妳試試調出一杯香良特調吧。」

我加了很多糖，味道太甜了。

不過現在的我……

已經喝得出隱藏在黑咖啡中的那一抹甜，也懂得屬於特調咖啡的那股濃郁風味了。

第　一　章

我家咖啡館

香良

昨夜下了整晚的雨終於停歇，從廚房的窗戶往外看，西洋繡球花在晨光中閃耀著鏽色的光芒。到了這個階段，繡球花的花期差不多要結束了。

電子手沖壺發出咻咻的聲音，底部溫度計的數字慢慢地上升。

我是尾內香良。我拿起咖啡計量匙，從玻璃容器中舀一匙瓜地馬拉豆放進磨豆機。父親留給我的細長盒子上印著獅子標誌，是款夾在雙膝間使用的膝上型手搖磨豆機。我坐在油漆已然斑駁的薄荷綠凳子上，緩緩地轉動著手柄。嘎啦嘎啦的悅耳聲音響起，磨碎著堅硬的豆子。再一會兒，再轉一次。突然間手感變輕了。我把磨豆機放在水槽上，拉開底部的抽屜。一股恬適的風從窗戶吹了進來，桂花的香氣讓特調咖啡更添風味，我將咖啡粉倒進濾杯中。

我拿起細口壺注入熱水。一滴，又一滴，咖啡液一點一點地滴進咖啡下壺裡。

「若不來杯咖啡，我的一天便無法開始。」

這是父親的口頭禪。小時候我不太喜歡喝咖啡，我總覺得不可思議，大人為什麼能津津有味地喝下這種又黑又苦的東西呢？但是不知道從什麼時候開始，每天的晨間咖啡，已經成了我的生活必需品。

琥珀色的咖啡液已經完全流到壺裡。我搖晃著咖啡下壺，心裡默唸著咒語。

變好喝吧！

桌上有兩個青磁色的杯子，一只黑邊，一只杯緣鑲著乳白色，我分別在兩個杯中注入咖啡後端至客廳。窗台上放著一張照片，我和照片中的父親四目相交。

「早安，今天是以瓜地馬拉為基底的特調咖啡喲。」

我將鑲黑邊的杯子放在父親的照片前。

父親不太上相，相片裡的他戴著剛買不久的眼鏡，臉上帶著彆扭的笑容。沒想到，這竟成了他人生中最後一張照片。父親還沒來得及迎接七十歲生日便過世了。

距離父親離世已過了一年。

庭院裡的山雀啼叫著，嗶嗶嗶的聲音，聽起來很像調皮的小孩。

「各種鳥叫聲有著不同的含意，現在這個聲音的意思是『我肚子餓了』。」

這也是父親告訴我的。

我站在白色格子落地窗前，突然發現只有自己一個人生活在這棟於大正時代落成的舊洋樓裡。這裡每天的風景都不大相同，現在我已能體會父親在閒暇之餘，總愛望著這片庭院的心情。

紫薇花花朵綻放，淡紅色的花朵間隱約可見橢圓形的橘紅雌蕊；此樹雖然被稱作猴子也會腳滑站不住的「猿滑樹」，但山雀卻穩穩地停在光滑的樹幹上。我推開落地窗走出去，坐在露台席上的椅子，拿起杯子淺嚐一口，瓜地馬拉的苦味在口中散開，接著如果實般的酸味和風味漸漸瀰漫開來。

清澈的天空中飄著許多捲積雲。這麼說來……今天是十五，我望向東邊的天空，天氣這麼好，相信一定能看見皎潔的滿月。

去年的這個時候，我毫無仰望天空的心思及餘力，只想著——你是什麼意思？把我一個人留下來，自己卻消失無蹤。青色、藍色、水色、灰褐色……我其實不在意天空到底是什麼顏色，我只是抬頭看著天空，心裡怨著因蜘蛛膜下腔出血而離世的父親。最終還是只剩我一個人了。

母親是突然離開的。我記得在五歲那年，應該是六月吧，我一起床就不見她人影。當時在悲傷或難過的情緒出現以前，我最大的感覺是不明所以。這時我才親身體會，人和人的離別，是沒有任何預兆的。接下來該如何面對未來的日子呢？身為孩子的我毫無頭緒。

與母親出走時不同，父親過世前做足了準備。他寫了一封遺書給小他許多歲的弟弟忠人，遺書上清楚記載了他過世後所有該安排的事情。就這樣，我繼承了這個房子的地上權及一本存摺，存摺裡的餘額，即使繳納未來二十年、每月四萬日圓的地租仍綽綽有餘。

過去在報社工作的父親，隸屬於文化部，他曾到中南美洲做過採訪工作。瓜地馬拉、哥斯大黎加、巴拿馬……等，他深愛在各國品嚐到的咖啡，回國之後也全心全意地投入鑽研咖啡的世界。十五年前，他申請提早退休，在這棟房子經營起咖啡館，取名為尾內咖啡館。當時父親用他書道六段的毛筆字，揮筆寫了「尾內咖啡館」的招牌，看起來一點也不新潮，於是我用淺藍色的筆，重新用假名寫上歪歪斜斜的「尾內（我家）咖啡館」。

店裡有六席露台座位，院子裡高大的櫸樹下有一張架著遮陽傘的桌子。菜單基本上只有咖啡，有時候，如果我做了餅乾或是糖漬水果，我就會加入寫在黑板上的菜單。

咖啡館的入口旁，椎木的樹葉迎風搖曳，一隻松鼠伴隨著沙沙的樹葉聲，從我面前跑過去。

「早啊！」

一張圓臉從格柵門後探了出來。

「今天有營業喲。」

我回應的同時，隔壁的鄰居倉林女士走了進來。

「妳看，今年我家後院的無花果又長了好多，所以拿一些過來給妳。」

她舉起菜籃對我一笑。

父親稱呼倉林女士為「格拉迪絲女士」，取自於電視劇《神仙家庭》中愛打聽的鄰居Gladys Kravitz。和劇中角色不同的是，倉林女士有配戴眼鏡，其餘的包括圓滾滾的大眼睛、尖銳的聲音，都和格拉迪絲女士如出一轍；她大概每三天會過來一趟。

「是說，去年妳用我家的無花果做了糖漬水果嘛，實在太美味了——」

她在露台座位區坐下，自在地像在自己的家一樣。

「今天想喝點什麼？」

她總是和我分享在自家庭院中摘取的水果或食物，父親總是說「這是以物易物」，然後請她喝一杯咖啡，因此我延續了父親的習慣。

「謝謝。喝點什麼好呢？」

倉林女士仰望飄著捲積雲的天空。

「今天我想喝……嗯，給我來杯像今天這片天空的咖啡吧。」

「我明白了。我沖一杯以哥倫比亞為基底的特調咖啡給妳，這咖啡的酸味比較清爽。」

我走回廚房開始沖泡咖啡，沖泡完成後，我將咖啡倒入倉林女士專用的抹茶色杯子中，再次回到露台。她伸出豐腴的手接過杯子。

「來了！如果不喝杯咖啡，早上好像就結束不了。」

倉林女士是個典型的晨型人，她的作息十分固定，好像每天晚上八點就寢，凌晨三點起床。

她取下酒紅色的眼鏡，用針織衫的袖口擦拭著鏡片，瞅了我一眼。

「啊——好好喝。不過呢……」

「感覺必須多招攬些客人了呢。最近生意怎麼樣？」

我剛在她對面坐下，她的臉便急急地湊過來。

「嗯，還過得去。」

不知道這個說法，在她心中估算的是多少組客人呢？我自己所定義的「還過得去」大概是一天五組客人。

「一杯咖啡六百日圓，只掙了個『還過得去』啊。妳知道嗎？未來得靠自己的力量生活下去才行呢。雖然你爸可能留了些讓妳衣食無憂的遺產啦……」

雖然倉林女士愛打聽又好管閒事，不過還好她不會三天兩頭催我結婚。父親常說：

「依她的個性，應該會催我『早點再婚』，然後介紹很多相親對象給我，不過她卻沒有這麼做。」

會不會是倉林女士也不怎麼期待結婚的生活呢？我暗自胡亂推測著。

「妳知道嗎？錢啊，不管有多少都不夠用喔。要維護這麼大的房子可不容易，老房子就和老人家一樣，到處都會出問題。每次出問題，錢就像長了翅膀一樣，好幾十萬說沒就沒了。」

「妳說得對。我也知道不容易，可是……」

倉林女士放下杯子，滿臉疑問。

「明明這麼好喝，為什麼生意會做不起來呢？不然，妳乾脆回眼鏡行工作如何？咖啡館假日再營業就好了。」

她酒紅色眼鏡的鏡角上印刷著金色的品牌名稱「鯖江」，那是之前我在橫濱的眼鏡行工作時，她特地來找我配的眼鏡。

「我告訴妳，這副眼鏡廣受好評喔。不僅看起來有知性美，還很時髦。每次我戴著這副眼鏡出門，見到我的人都會大大讚賞。說真的，當時妳替我挑選這副眼鏡時，我心裡還覺得『紅色眼鏡太招搖了』，結果身邊的評價卻截然不同。所以，我覺得妳的品味相當獨到呢。」

大學畢業之後的二十年來，我一直在位於橫濱的眼鏡行總店工作。雖然我覺得自己個性不夠開朗，卻很適合接待客人。但我和直屬上司、店長的觀念相左，他們總是以利益優先，不顧客人的喜好，永遠只在意能否獲得盈利及好處。每次我推薦便宜又耐用的眼鏡給常客時，總少不了挨一頓罵。即便如此，這是我在就職冰河期好不容易找到的工作，雖然辛苦，仍然努力堅持了二十年。竭盡全力之後，我做了決定，在四十二歲時離職，我真的已經努力過頭了。

「妳說得有道理……」

我不知道該接什麼話，只能默默地喝著咖啡。

倉林女士可能覺得再繼續說下去也是白費力氣，所以開始提她在巴黎當甜點師的女兒。四十幾歲的她現在也沒有婚姻關係。她最近常和女兒在LINE上聊法國甜點，其中有好多饒舌的單字她記也記不住，打字也很不好打……諸如此類的事，我隨意地附和著她的話。

「熔岩巧克力，就是在像蒸蛋糕的東西裡面放進巧克力醬的點心，如果我講錯了，會被我女兒笑。所以我記這個甜點的方式，就是記住它的醬會像火山熔岩一樣流出來。然後啊——」

我聽著倉林女士介紹她如何記住法式甜點名稱時，褲袋裡的智慧型手機響了起來。

「啊，不好意思，我接個電話。」

我回到客廳，拿起手機一看，畫面顯示來電者是「三樹子」。平時她都用LINE和我聯絡，難得像這樣直接打電話給我。

「怎麼了？」

「幹嘛一接起來就問我怎麼了？至少也先喂一聲吧。」

電話那頭傳來和倉林女士迥然不同的低沉嗓音。

「抱歉抱歉。那……『喂喂』，到底怎麼了？」

住在福井的林三樹子，是我大學時期以來的朋友。

三樹子說我是她「可以交心的親近朋友」（親友），在LINE上則輸入成「心友」。我不確定我和她的關係是否稱得上親友或心友，但我不討厭三樹子，和她在一起相當輕鬆。如果她做了一些蠢事，我可以毫不留情地笑她「笨蛋」；我不用擔心她會因此討厭我、甚至不和我做朋友，我有時會想，如果我有姊妹的話，相處模式應該就像這樣吧。

「沒有怎麼了，也沒什麼事。只是我明天要過去找妳。」

「明天？怎麼又這麼突然，妳不要擅自決定行程啊。」

「我哪有擅自決定，不是說揀日不如撞日嗎？」

「那妳為什麼要撞日？」

「我要離開那個家。」

「又來……」

這不是三樹子第一次「離開那個家」。自從她二十六歲和相親對象結婚，搬到了福井之後，每次和丈夫、婆婆起爭執時都會離家出走，她曾去過住家附近的膠囊旅館、溫泉旅館、迪士尼樂園等等，我這個房子也常常成為她的臨時避難所。

「這是第幾次了啊？我記得之前好像──」

「總之，」

她打斷我說話，口氣有些暴躁。

「我已經決定了。這事說來話長，總之我會過去找妳。明天，應該說現在出發去找妳也行，反正只需要一個小時左右就能到妳那裡了。」

「什麼？」

「其實啊，」

三樹子輕笑一聲，應該是笑了。因為她稍稍停頓了一會。

「我人已經在東京了，昨天閒晃了一整天，反正妳也還沒開始工作吧。」

「我有工作啊，我很認真經營咖啡館呢。」

「咖啡館休息也無所謂，那就約兩點，妳應該會來接我吧？」

「才不要。」

「妳好過分，居然拒絕我。妳是要我別去找妳嗎？」

「沒有，我不是拒絕妳來，我是覺得去接妳很麻煩，妳已經來過我家很多次，應該認得路吧。從鎌倉車站下車徒步只要八分鐘，沿著小町通一直走，就會看見紅色的鳥居，然後在那裡左轉……」

「好好好，我知道了。紅色鳥居是明顯地標，那等等見囉。」

我透過落地窗看著倉林女士的圓潤背影，她正在喝著咖啡。

「今天我家咖啡館得臨時休息了嗎？可是不管怎麼說，三樹子這趟過來實在太臨時了。」

說完才發現，我竟說出了內心的想法。

❋ ❋ ❋

下午兩點多，三樹子抵達我家。

她拖著橘色的大行李箱，從我家咖啡館的入口走進來。

「好久沒見啦！」

時隔兩年半再見面，三樹子看起來又健壯了一些。以前她只有肩膀比較寬，腳很細，看起來像男廁的紳士標誌，結果年紀越大，下半身也長了肉，現在看起來就像個長方形。

「最近過得好嗎？」

「妳真是的，誰會問一個離家出走的人過得好不好？而且我這次真的是滿身瘡痍了。啊——好累啊。」

三樹子的動作和倉林女士一模一樣，把咖啡館當自己家，逕自在露台座位坐下。

「但是呢，每次看見這個庭院，我的心情總能獲得平靜。這叫什麼？自然式景觀庭園？不刻意加入設計元素這點最棒了。」

她在椅子上伸展自己的身體。

原本停止啼叫的山雀，或許察覺到自己沒有生命危險，放心地重新放聲高歌。

「鎌倉的空氣真的很清新，再加上鳥囀聲……話說回來，那邊那棵樹比之前粗了一圈吧？」

三樹子看向那棵環繞著土地生長的茂密櫸樹說道。今年的夏天頗為炎熱，都到了這個時候，櫸樹的樹葉才開始慢慢變紅。

「對啊，可能跟妳一樣粗了不少喔——」

「妳真沒禮貌。」

她瞪著單眼皮看著我，睫毛上塗了不少睫毛膏。

「我說香良啊，妳一副連蟲都不敢殺的樣子，說的話卻很傷人耶。對了，說到蟲，那隻……」

三樹子指著露台前盛開的石蒜說。

「那隻黑色的燕尾蝶，好大隻啊！」

繞著紅色花朵翩翩飛舞的蝴蝶，約有十公分大小。

「哦，那個啊，這裡的人稱牠為鐮倉蝶喔。」

「原來啊，黑色的翅膀加上白色的紋路，看起來確實很像武士❶，不過真的長得好大隻啊。翅膀閃亮亮的，閃著黑色的光澤。」

「沒錯、沒錯。說到光澤，拜脂肪所賜，妳的皮膚看起來很透亮喲。」

不可思議的是，每次在三樹子面前，我都能坦率地說出我的想法。

「妳這是誇我嗎？算了，不跟妳計較。對了，妳別呆站在那，給我沖杯咖啡，我要咖啡！給我來杯苦澀卻能使我心情暢快的咖啡。」
「知道啦。」
我走進廚房，將曼特寧咖啡豆研磨至中等粗細顆粒。
「這聲音，聽起來好舒服啊。」
我磨著豆子，三樹子坐在露台和我說話。因為脂肪覆蓋的緣故，她的聲音聽起來也透著潤澤感。
「很快就好了，妳坐著休息一下。」
我對著露台喊話回應。好久沒有這麼大聲說話了。
「不用妳說我也會好好休息的。」
我繞著圈將熱水倒入滴濾器中，一股微苦的氣味撲面而來。
此時我想起，之前三樹子離家出走時，她要求的咖啡也是「苦澀卻能令她心情暢快」口味。那時候是父親幫我沖的。父親早逝的三樹子每次提起我爸時，總是親暱地叫著「爸

❶「鎌倉」是日本歷史上與武士有深厚關聯的城市，是鎌倉時代的發源地。在那個時代，武士文化在日本社會中占有重要地位。因此，這隻蝶被稱為「鎌倉蝶」，這個名稱本身也帶有一些與武士文化的連繫。

爸、爸爸」，我卻現在才意識到這一點。大約十年前，三樹子的母親也過世了，因此縱使她離家出走，也沒有能夠回去的娘家。

琥珀色的水滴緩緩滴下。「變得好喝吧」我在心裡默唸著，一邊搖晃著咖啡下壺。

「讓妳久等了。」

三樹子雙手包覆著芥末色的胖胖杯，淺嚐了一口。

「呼，好喝！香良妳這手藝可以開店了！」

「我已經在營業了。」

「啊，對喔，失禮失禮啊。」

三樹子露出今天的第一個笑容，笑得臉都皺在一起了。

「不過這杯咖啡真的很美味，果然別人家的咖啡就是不一樣。」

她又喝了一口，含在嘴巴裡。先是苦澀的味道，隨後而來的果香味如同煙火般燦爛綻放後，又淡淡地結束。

「問妳唷，這一杯要賣多少錢？」

三樹子一直盯著我的臉瞧。

「說什麼傻話？我又沒有要收妳錢。」

「妳說的才是傻話吧？誰說要付錢了，我不過問問而已，參考看看。」

「什麼呀，原來是這樣。這杯咖啡售價六百日圓。」

「不會吧？」

三樹子蹙著精心修整過的細眉。

「妳這家店的地段條件好、咖啡品質又高，不管怎麼說，這價格也未免太便宜了。」

「會嗎？不過我爸一直都賣這個價格呢。」

「可是，對爸爸而言，這只是他發展興趣的地方，況且他也培養了不少常客。我問妳喔，這家咖啡館一天能賺多少錢啊？」

方才倉林女士問過的問題，她又問了一遍。

「還過得去啦。」

「說什麼還過得去，我看頂多四、五個人吧。」

「嗯，大概就這個人數吧。」

三樹子像鐘擺般左右搖動食指，嘴裡發出嘖嘖嘖的聲音。

「妳呀，迷糊也得有個限度。妳知道兩個四十幾歲的女人，未來日常生活開銷得花多少錢嗎？」

「什麼？」

「妳幹嘛一臉驚訝？」

「妳剛剛說兩個女人？」

「對啊，妳跟我，不就是兩個女人嗎？」

三樹子理所當然地回答。

「為什麼是兩個人？」

我看了看放在三樹子身邊那個超大行李箱。

「三樹子，妳該不會……」

「沒錯，我剛剛說過了，我要離開那個家，我跟那個愚蠢丈夫離婚了。所以我以後要住在這裡，時間緊迫，所以我只拿了這些行李，剩下的過陣子就會寄到這來。」

「怎麼會離婚——」

儘管對象是三樹子，這種問法也太過冒昧。

「——妳說行李會寄過來，到底做何打算？」

如果決定和先生分開的話，電話裡直接告訴我就好了，為什麼突然來個事後說明？況且——

「因為我們不是約定好了嗎？」

約定？

「妳說的該不會是……」

「沒錯，就是那個約定。」

三十多歲的我們，對話內容開始提及老後生活的話題。我沒什麼戀愛經驗，也不嚮往結婚，所以我說「我可能這輩子就一個人生活了吧」，三樹子聽了則回答「那等我們老了之後就一起住吧！」。由於我們都是單親家庭，又是獨生女，兩個人都對「家人」沒什麼期望。雖說如此，大概就是如果一個人老後耐不住寂寞、忍受不了孤獨的話，就住進同一所老人之家之類的，當時大概就是順著話說？或說是互相慰藉？頂多就是這種程度而已，沒想到她居然當真了。

「我的確說過這種話，不過我們說的是老後的生活。三樹子明明很年輕，只論肌膚年齡的話，說是三十幾歲也不為過。」

我看著三樹子扁平的側臉。眼睛、鼻子、嘴唇細得像一條線，多虧這樣的五官，她的臉上看不出深層皺紋，足以掩蓋所有缺點的白皙皮膚依然如昔。

「幹嘛，妳那是什麼場面話？我告訴妳，年輕與看起來年輕是兩回事，妳已經四十六歲了喔。」

「妳和我也差不多吧！」

「我才四十五歲而已，不過我跟妳不一樣，我有即將邁向四十六歲的自知之明。總之，假設活到九十歲的話，我們兩個都已經過了轉折點囉。話又說回來，呼──」

三樹子再度伸了個懶腰。

「嗯──好涼爽的風。這個露台真的相當舒服，再加上這個大自然背景音！香良，這個聲音是什麼生物發出來的？」

「是山雀，先不說這個了⋯⋯」

「牠一直吱吱、吱吱地叫耶，我以前沒有聽過。福井的家附近全是田地，沒長什麼高大的樹木。」

三樹子一直都這樣，只要覺得形勢不利於自己就會轉移話題。

「鳥類我也只看過麻雀而已，一點情調都沒有。相較之下，這裡根本是天堂，今後我就要和這些小鳥們一起生活了呢。」

我本來想告訴她，山雀只有在提高警戒時才會發出高頻的叫聲，想想還是作罷。

「等等，妳別岔開話題。雖然妳說得像已經決定要住在這裡，但我還沒有答應喔，而且我覺得應該行不通。妳知道我的個性，不是我吹牛，真的很陰沉，怎麼可能和人同住一個屋簷下，就算是跟妳，我也辦不到。」

「好過分！我們明明約好了。」

三樹子氣鼓鼓的。

「我們的確討論過這件事，但那是老後的生活，是很久很久之後的事，或許到了那時候我會孤獨，但至少現在不會。妳看我又陰沉、又不好相處，現在我一個人完全沒問題。不對，應該說現在一個人反而比較……」

「香良，拜託妳好好聽我說。」

三樹子低沉嚇人的嗓音打斷我的話。

「我告訴妳，這麼大的房子，只有妳一個人住太不安全了。況且，只不過比預期的時間稍微早一點而已，有什麼關係？」

「這哪是稍微？明明早了非常多！」

三樹子別過臉去嘆了口氣。

「妳要我說多少次？我們都約好了，『將來要住在一起』。」

三樹子偷偷地把原本說好的「老後」替換成「將來」。

「好嘛，香良呀，拜託妳，我想住在這裡啦！」

她那一雙有如月牙般的眼睛正抬眼看著我。

「妳真是的……我沒辦法立刻回覆妳。我也知道妳現在無處可去，所以我想想，可以讓妳住下，大概一個月吧——」

「就知道妳最好了。」

三樹子突然握著我的雙手。

「謝謝妳！我會趁這段時間好好思考自己未來該怎麼走。」

三樹子手上沒有戴婚戒，乾燥的手背上也長了不少斑點。我都沒注意到，原來她的手已經蒼老許多。已經過了人生轉折點，原來就是這麼回事啊。

「真的只能住一個月喔！妳好好思考一下未來的事，然後……」

「知道了，知道了。」

她每次這樣連續回答兩次，就代表她沒認真放在心上。三樹子這個人，等過了一個月之後，她一定會找盡各種理由，然後繼續住著不走。到時候……不行，我想不出辦法。山雀繼續發出吱吱的警戒聲，其實我也挺想哭的。我一口氣喝完杯裡剩餘的咖啡。

✽ ✽ ✽

從廚房的窗戶望出去，天色已是黃昏，不知不覺間，蟲鳴聲取代了鳥叫聲，迴盪四周。

切碎的洋蔥在平底鍋內發出悅耳聲響，等炒出糖色後，加入番茄並壓碎。此時屋內傳來動靜，咚、咚，還伴隨著木板嘎吱嘎吱的聲音。除了我以外，好久沒有其他人踩著樓梯發出聲響了。

「啊——睡得真舒服。」

三樹子走了過來。她自然地坐在餐椅上，感覺像是已經在這裡住了幾十年。

「二樓的和室，睡起來還是一樣舒適。從窗戶看出去能看見天空和樹木，日照也好，最適合午睡了。」

我調整火力至小火，在鍋中加入辛香料及調味料。加入豬絞肉時，我對三樹子說。

「妳哪是午睡，明明已經是傍晚了。」

「妳說得沒錯，我開始打瞌睡的時候明明天空還很亮，結果一睜眼就變成黃昏了。啊——我好懷念這種不知不覺就睡著的感覺。好想回到單身的時光喔……啊，我已經是單身了。可以不用在意家人的眼光，想睡大字形就睡，從此我就自由了，這應該不是一場夢吧！」

小茴香酸酸甜甜的氣味撲鼻而來。

「對，這不是夢。是現實生活喔！」

我用鍋鏟攪拌著所有食材，在心中默默許願，希望這一切全都是夢。

真是漫長的一天啊。聽到三樹子離婚的消息已是震驚，沒想到她居然還住進家裡來了。無計可施下，我只好給她一個月的考慮時間，結果她說「那我去住妳二樓的房間囉，房間有四坪多，床又舒服，窗戶也大，相當完美！」然後高興地搬著大行李箱進了房間。

這一年多來，我一直睡在走廊對面的父親房間裡，我把衣服和資料收進儲藏室，其他的就和父親在世時一模一樣，固定的架子上擺著一張比爾．艾文斯的唱片，唱片封面上有一位女性低著頭的剪影。我日常會用的東西，都從二樓的房間搬過來了。房間裡依舊飄散著舊書混合著咖啡香氣的味道，這是屬於父親的味道。

「平時我都在客廳裡，基本上只有睡覺會才回到房間裡，待在那裡，我才感覺自己並不孤單，心情就像等著長期出差的父親哪一天回來而已。」

之前我曾和三樹子提過這件事。早知道不說了。三樹子這個人，一定從那時候就開始計畫要搬進這裡了。

「小香良，人家想喝咖啡。」

我似乎聽見了聽到逗貓時的溫柔語氣。

「能不能別只在拜託我時加上『小』這個稱呼啊？」

「妳好凶喔，別這麼不耐煩嘛，又沒什麼關係。我的身體想喝咖啡啊，而且我才剛起床。」

「等等就要吃晚餐了，吃完再喝咖啡。冰箱裡有冰水，妳自己去拿來喝。」

三樹子走到我身後，從冰箱中拿出冷水壺。

「水槽裡有玻璃杯，可以麻煩妳也幫我倒一杯拿到餐桌去嗎？」

「瞭解！嗯，好香啊，今天晚餐吃咖哩嗎？」

三樹子探頭看著平底鍋，妝掉得差不多了，只剩下一點眉毛，眼睛變得只剩原本一半大小。

「沒錯，明天應該也吃咖哩，我家挺常吃咖哩的。」

「完全沒問題！妳也知道我本來就愛吃咖哩，但我的家人……算了，我以後再慢慢告訴妳吧。總之我贊成每天吃咖哩！像鈴木一朗一樣每天從早餐開始吃咖哩也可以。」

看樣子，借住我家的這段期間，她也沒打算自己做飯了。

當平底鍋內的收汁到差不多時，我關上火。

「反正妳也沒打算幫忙，去餐桌那邊喝點水等著開飯吧。」

「好啦好啦，妳的態度比這壺水冷多了。」

三樹子在托盤上放好玻璃杯，伸手要拿冷水壺時，手卻停了下來。

「話說，妳這個冷水壺好漂亮喔。」

「哪有，挺普通的啊。」

那只是一個不起眼的玻璃瓶，矽膠壺嘴上加裝了過濾器。

「不對，這才不普通，形狀很像酒壺，裡面還放了檸檬跟……這個是什麼？」

「迷迭香，一直種在庭院裡。」

三樹子立刻倒了杯水，站著喝光光。

「好喝！活了大半個世紀，第一次喝到這麼好喝的水。」

她誇張地點點頭。

「這種水之前我也端給妳喝過喔。」

「哦？是嗎？不過，妳真的很厲害耶。我住下的第一天，妳就如此盛情款待。」

「誰款待妳了？那是我自己要喝的。」

「所以我更尊敬妳了，應該說，我很羨慕妳。當了家庭主婦之後，我做的所有一切都是為了家人，而不是為了自己。為了讓丈夫滿意；為了讓孩子高興……為了他們，我努力做好家事，可是他們卻總是對我百般嫌棄，開口就是『好難吃』『實在太馬虎』之類的話。每次聽到這些，我的心像被撕成一片片的。但是，該做的事情依舊堆積如山，我完全沒有心力在冰鎮的水中加檸檬或香草……」

三樹子一邊抱怨，一邊走向餐廳。

我從冰箱中拿出冰涼的小菜。三樹子仍在不停地抱怨。我把咖哩盛到盤子中，同時叫喚她。

「晚餐好了，可以吃了！」

三樹子張大她月牙般的雙眼。

「哇！妳擺盤擺得真好看。是月見咖哩飯耶！」她指著肉醬乾咖哩上的蛋說。

「因為今天是中秋節啊。」

「原來，對應賞月習俗啊。」

三樹子一直盯著高掛於天空中的薑黃色月亮看。

「香良，機會難得，我們去露台上呷飯！」

「說什麼方言，太陽才剛下山而已。欸，等一下啦。」

不等我回答，三樹子端著托盤直接走出露台。無奈之下，我站起身來，跟在心急的朋友後頭。

「出現了！出現了！」

三樹子指著掛在東方天空的一輪明月。

清風徐徐，蟲鳴如鈴聲迴盪在夜色中。

「來吧，一起呷！」

三樹子雙手合十。

「我開動了。」

「妳不是要賞月嗎？」

「此時此刻，咖哩比月亮重要。」

三樹子用湯匙舀了好大一口咖哩。

「好好吃！這是什麼？辛香料是正宗的咖哩，但吃起來卻是日式口味，這是特殊民族與日本的口味融合嗎？」

「妳講的話好像美食特派員喔！」

我舀了一匙以中秋節為造型的月見咖哩上半部，送進口中。辛辣感之後緊接而來的柔和的甜味和酸味，是我熟悉的味道。

「所以說，這代表妳的咖哩好吃得讓我想要來場美食報導啊！」

父親總是平靜地吃著我做的咖哩。十幾年前，我也為當時的男朋友做過一兩次菜，但他也和父親一樣沒有任何表示。仔細回想，這或許是第一次有人當面稱讚我做的菜好吃。

「妳喜歡就好。」

三樹子一邊吃著咖哩，一邊豎起左手大拇指。盤中的咖哩逐漸減少，就快吃到盤中央的雞蛋了。

「問妳唷，月見飯的雞蛋，妳都什麼時候戳破啊？」

三樹子看著我問道。她的薄唇上沾著薑黃色的飯粒。「這裡」，我指著自己的臉頰告訴三樹子位置，她「啊」了一聲取下飯粒放進口中。

「我應該會保留到很後面才戳破。從外側繞著圈圈往裡面吃，等到剩下比中間的雞蛋稍大一圈的圓柱體時，再一口氣戳破它。」

「完全展現了妳總在奇怪的地方堅持的個性。我呢，會在吃到一半的時候像這樣！」

她用湯匙戳破雞蛋，蛋液從飯上流下來。

五歲時，母親突然離家，和我一同生活的奶奶，也在我八歲的時候離開人世。自此以後父親每天都會做飯給我吃，但是每三天就會做一次咖哩，而且每次都會在中間放一顆蛋。這是父親想讓女兒營養保持均衡的一種方式吧。不知不覺間，我也模仿他的習慣，會在咖哩上放一顆雞蛋。

「對了，這是什麼啊？看起來超好吃的。」

三樹子用叉子叉起幾塊淋著優格醬汁的骰子狀小黃瓜。

「冰箱裡剛好有小黃瓜，我就做了些RAITA。」

「什麼是RAITA？」

「一種加入優格醬的印度沙拉，適合搭配咖哩一起吃。」

「好吃！和我平常吃的優格沙拉味道不一樣，這個特別的味道是什麼？」

「裡面加了小茴香吧。」

「原來呀，是小茴香！不知道是因為中秋節還是有好廚師，在這裡吃的東西，每一樣我都覺得格外美味。」

「雖然妳嘴上這麼說，可是妳明明沒怎麼看月亮。」

「哪有，接下來我會好好欣賞的。」

三樹子很快地吃光剩下的咖哩，然後摸著肚子呼了一大口氣。雖然她穿著寬鬆的家居服，但依然可以看見衣服下的隆起腹部。

「嗚哇！真漂亮！好一個完美無瑕的滿月。」

我抬起頭一看，萬里無雲的夜空掛著金黃色的明月。和夏天時的月亮截然不同，今天的月亮透著平靜卻燦爛的光芒。

「聽說中秋節，因為月相的關係，其實不一定會是滿月。今年恰好遇上了滿月呢。」

「這樣啊，今天的月亮真的很像圖畫裡出現的月亮，不過啊，我從小就一直在想，到底要怎麼看，才能看出月兔在搗麻糬的樣子啊？」

對我而言，小時候媽媽不在身邊，所以沒有人在賞月時告訴我月兔搗麻糬的故事，反而是喜歡天文觀測的父親告訴我，那些黑黑的圖案其實是「月海」。「雖然稱作海，不過裡面沒有水喔，是月球的岩漿噴發後形成的平坦地形。」我聽著父親的解說，不知道為什麼想起出走的母親，那道看起來相當遙遠的黑影。

「香良妳看起來像什麼圖案？」

「嗯——像什麼啊？我沒仔細想過耶，硬要說的話，看起來像雙胞胎面對面的感覺？」

三樹子忍俊不禁。

「太有趣了！果然頗具香良式風格！」

「什麼叫我的風格？聽不懂妳在說什麼。那妳看起來又像什麼圖案？」

她瞇著本就不大的眼睛仔細觀察月亮。

「蠍子！大家常說的兔子耳朵的地方是牠的鉗足，就像著舉著一隻鉗足的感覺。」

她特意舉起雙手做出剪刀狀，扭著腰看我。

「妳看，絕對是蠍子吧！」

「看不出來。妳是不是因為自己是天蠍座才這麼說的？」

「妳真是敏銳！不過，妳自己還不是一樣，因為自己是雙子座才說像雙胞胎。啊，對了，我兒子啊——」

「我記得他好像叫做小享？」

三樹子的兒子，我只在他小學時期見過他一次。長相應該是遺傳自父親，是個圓臉加上深邃雙眼皮的少年。三樹子之前會和我分享他的近況，不過中學時期過後就鮮少提及這個話題了。

「沒錯。享志小的時候，我問他覺得那是什麼圖案？因為我不想灌輸他先入為主的觀念，我想相信孩子自己的觀點就好。結果他回我『像爛掉的蜜柑』。那些黑色的區塊對他來說好像就是爛掉的部位……」

我再度抬頭仰望月亮，經她這麼一說……

「我也能理解啦，那個斜上方圓圓的地方就像蜜柑的的蒂頭，然後……」

三樹子聽了，斜眼瞪著我。

「妳不需要附和，明明是個孩子，應該說點更夢幻的東西啊，我當時好失望耶。我記得……這好像是十二、三年前的事了。回想起來，那時候我們還會一起賞月，不知道什麼時候就停止了。而且我也好多年不曾這樣好好看過月亮了，這幾年來我一直過著渾渾噩噩的生活啊。」

月光照射下，三樹子太陽穴附近的髮際閃著白色的光。「到了這年紀我還是沒有半根白頭髮喔。」以前每次見到我，三樹子總是會向我炫耀；現在她的黑髮已經染成明亮的棕髮。

「那妳好好地跟久違的月亮促膝長談吧。」

我整理空盤放到托盤上後，走回廚房。突然說要一起住，我有些不知所措，但仔細一想，三樹子才剛跟結髮近二十年的先生離婚，為了彌補自己的體貼不足，我打算泡一杯美味的咖啡補償她。我看著架子上的儲物罐，感到疲累時，最適合來杯帶酸的果香味咖啡。

餐後咖啡就決定是衣索比亞咖啡了。

「讓妳久等了。」

聽見我的聲音，三樹子轉過身朝我伸手，我將芥末色的杯子遞給她，三樹子喝了一口咖啡，露出不懷好意的笑容。

「我跟妳說喔，賞月讓我突然有了靈感。」

「什麼靈感？」

三樹子的靈感向來不是什麼好主意。

「我們把這個房子改成合租民宿吧。」

「什麼？」

我還以為她要說什麼……

「這個二樓真的太大了。算上儲物間，總共有五個房間。我午睡前去看過房間，每一間都有復古的感覺，真是太美了。而且二樓也有廁所和洗手台，閒置不用太可惜了。」

「說什麼可惜，妳突然這麼說我也沒轍啊。況且，這未免太——」

「好好好，我知道妳要說什麼。妳想說我操之過急對吧，不過這種神來一筆的靈感很重要呀。」

三樹子指著滿月。

「我剛剛看著月亮裡的蠍子，腦中突然浮現這個想法，我們兩個如果想在這裡健康平安地生活下去，只能選擇合租民宿這條路了。這叫天啟，是上天給我們的啟示。」

「為什麼月亮裡的蠍子會給妳指示？」

「這妳就別管了。反正，妳所擁有的Hospitality，用來經營合租民宿最恰當了。」

「Hospitality？」

「Hospitality指的是款待。」

「嗯，我知道字面的意思。我想問的是，我到底哪裡有hospitality了？」

「哪裡有？很明顯啊，妳根本是擁有款待能力的佼佼者。這裡住起來真的很舒適，整理得乾淨又整齊，這種恰如其分的程度才是重點。讓人可以自在地放鬆。再來妳做的餐點十分美味，還會依照我的心情為我特調咖啡。」

「我並沒有刻意做這些事情。」

「就是這樣才好啊！妳的做法並不會因為我在或不在而改變，這種不刻意營造的自然感，反而更打動人心。我覺得妳已經把款待精神融入日常生活了，所以若是經營合租民宿事業，我相信香良妳一定可以成為稱職的老闆！」

Hospitality。雖然知道這個詞，但我從未開口說過。

「可是，要怎麼招攬客人呢？去找仲介嗎？」

「不可以。找仲介的話，他們會收取佣金。招攬客人很簡單啊，先在我家咖啡館裡宣傳。我想想，在那裡貼宣傳單怎麼樣？」

她指著我們後方的外牆。

「再來就是社群媒體。先從Instagram開始吧，這個交給我就好。租金的話嘛，包餐一個人大概六萬日圓，限住女性。」

「還要附餐？」

「當然是妳負責做飯。這麼好吃的話，我每天吃咖哩都行。不想吃的人，可以自行購買食材，在這個廚房裡烹調。不過呢，既然付了六萬日圓，我想大家都會來吃妳做的飯喔。」

「如果是咖哩飯，我本來就會多煮一點，做一人份跟三人份差別不大，可是……」

「我也會支付房租給妳的。這樣吧，朋友價四萬五千日圓如何？」

「這未免太便宜了吧？不是應該『親不越禮』嗎？」

「就是親近才有友情折扣啊！況且，妳之前不是說過，這裡的地租每個月四萬日圓。

妳看，只要我住在這裡，妳就能收到每個月的地租，還額外多了五千日圓喔。而且我和妳是共同經營，所以我也會打掃共用空間，我看看……一樓的客廳和廚房就交給我吧！還有經營民宿房屋時會遇到的一些麻煩事，招攬客人啦、租金管理之類的等等，再加上整理二樓的儲藏室，這些工作全部交給我。」

糟糕了。如果一起開始經營合租民宿的話，三樹子就有了就此住下的正當理由。

「這個提議不錯吧？我剛剛也提到過，經營合租民宿，妳不需要改變妳的生活方式，只要維持現在的樣子，為偶爾來我家咖啡館的客人沖泡咖啡；每天做好吃的餐點，然後直接提供給住客，妳就能賺得租金，實在太棒了！妳說到哪裡找這種好事啊？好啦，揀日不如撞日嘛。」

揀日不如撞日。她方才在電話裡也是這麼說的。

「三樹子，妳好像很喜歡這句話呢。」

「喜歡啊！因為揀日不如撞日，立刻採取行動讓我感覺自己能夠開拓未來。」

「是這樣嗎？可是每次聽到妳的提議，我都有種烏雲罩頂的感覺。」

「香良，妳好陰沉喔。」

「是啊，我好陰沉喔。」

「別說這種話，我們一起試試看嘛。」
「嗯……我也不知道。不過，我想招攬客人應該沒那麼容易，雖然不抱希望，但先試試招募住客好像也行……吧。」
「太好了！就是要有這種魄力！」
三樹子笑著豎起大拇指。
「合租民宿要叫什麼名字？」
「直接用『我家咖啡館』就好了。」
叫什麼名字不重要，反正也不會有人來。

❊　❊　❊

或許是昨天受到三樹子毒氣的侵擾，好久沒有這樣睡過頭了。感覺頭腦還是不太清醒，這種時候最適合來一杯醒腦的咖啡。
我在滴濾器裡注入第一次熱水，磨好的咖啡粉膨脹成圓頂狀，我停止注水，等待熱水浸濕所有咖啡粉。

吱、吱、嗶——吱、吱、嗶——山雀愉悅地唱著歌，此時一陣喧鬧的聊天聲音淹沒了山雀的啼叫聲。

「哦，原來這裡要變成合租民宿。不錯啊不錯，真是個好主意！我一直很擔心小香良未來的生活呢，這樣真好。三樹子小姐，我是一月十九日出生的，妳可以叫我一一九倉林，不管遇到什麼困難，都可以來找我商量的。」

大約十分鐘前，倉林女士來到咖啡館，剛好遇到散步回來的三樹子，於是她拉著三樹子坐在自己身旁，對三樹子做起身家調查。

「原來是這樣啊。其實我也是一一九喔，我的生日是十一月九號。這下子香良身邊就有兩位一一九了。香良真是個幸福的女人。像她那樣傻呼呼的人，必須得有像我們這麼能幹的人陪在她身邊才行。況且，這個房子住兩個人實在太大了。還有這片自然景觀！這種自然類財產，當然要和大家分享。對了對了，剛剛我聽見咔咔、咔咔的聲音，原以為是奇怪的鳥叫聲，結果妳知道嗎？居然是松鼠的叫聲喔。」

「哎呀，妳沒聽過松鼠的叫聲嗎？妳的出生地在哪啊？」

「我老家在埼玉川口，不過我父母早逝，房子早早賣掉了，後來因為某些原因嫁到了福井。再之後，又因為種種原因，就留在這裡生活了。我家附近，除了田地什麼也沒有，雖然是鄉下地方，但自然環境卻不多。所以沒有親眼看過野生的松鼠……」

對倉林女士而言，她感興趣的地方應該在「某些原因及種種原因」吧，但三樹子正一股腦地介紹著自己婚後生活的所在地，沒有給她機會提問。

我繼續倒著第三次熱水，然後在腦海中回顧昨天發生的事情。

一下子發生了好多事情。三樹子原本只打算同住一段時間，到了晚上卻提議一起經營合租民宿……望著天上的滿月，我們談了很多未來的事，一直談到深夜。最後我依舊沒有詢問三樹子離婚的細節。她究竟為什麼離婚呢？贍養費又怎麼辦呢？在這裡生活的這段期間，有多少存款能用呢？雖然我滿腦子問號，但一向滔滔不絕的三樹子卻隻字未提，應該是不想說，或是不方便說吧。在她尚未整理好心情前，別勉強她提及此事比較好。

我端著沖好的咖啡和糖漬無花果走向露台。

「讓您久等了。」

「啊！這個這個，就是這個！」

當我把托盤放在咖啡桌上時，倉林女士的注意力從三樹子身上移向餐盤。她叉起無花果，在三樹子眼前晃晃。

「妳吃過這個嗎？」

「那個啊，早上我看見它冰在冰箱裡，我正好奇那是什麼東西呢。」

「這個啊，是我家種的無花果喔。小香良每一季都會幫忙把這些無花果做成美味的甜點。我看看今年成果怎麼樣呢……」

倉林女士將叉起的無花果塞進嘴裡，我則在她身旁坐下。

「哎呀，真好吃！雖然去年的白酒版本很美味，但紅酒版本也相當可口。」

她的腮幫子像松鼠一樣塞得鼓鼓的。

「今年我沒有去皮，將整顆無花果放進帶有澀味的葡萄酒裡燉煮，並且加了很多肉桂和小荳蔻。」

倉林女士又吃了一顆無花果，用拇指和食指朝我比了一個ＯＫ的手勢。

「雖然這個果實叫做『無花果』，大家都說這寓意不好，代表絕子絕孫，全都是胡扯。它的花語是『豐盛的愛』及『多產』，事實上是相當吉利的。」

「在超市買無花果，價格都不便宜耶，把糖漬無花果當點心，真的太奢侈了。」

我嚐了一口，恰到好處的甜味和酸味在口中瀰漫開來。

「三樹子說得沒錯，如果倉林女士沒有和我們分享，我應該也沒有機會品嚐到無花果，真的十分感謝妳。」

「哎唷，幹嘛突然這麼客氣。小香良妳太見外了。鄰居就是要分享食物和資訊啊！」

倉林女士擺擺手，一如往常，她的臉頰塞得鼓鼓的。

「雖然直接吃也可以，但我非常喜歡香良的手藝，每年都很期待，她又會做出什麼變化。嗯——真是人間美味。」

三樹子也模仿倉林女士的口吻，一直說著「真是人間美味」。

＊＊＊

咖啡館的入口旁，椎木的樹葉迎風搖曳，松鼠從樹上跳下來，從我們面前跑過去。

「啊！又是松鼠！牠的尾巴好長！」

三樹子高聲歡呼。

「不好意思……」

格柵門外，一名穿著草綠色針織衫的女性露出臉來，頂著一頭灰白交錯的短髮，年齡看起來大約五十多歲。

「不好意思，時間雖然有點早，但我聽到談話的聲音，請問已經開始營業了嗎？」

距離開店時間還有三十分鐘左右。

「請進。」

聽見我回覆，女性推開格柵門，她手上拖著一個綠色格紋的犬用寵物外出包。

「那個……我有帶狗……」

「沒問題，請進吧。」

我再度回應，女性向我鞠躬，走了過來。

「歡迎光臨。」

我用眼神向三樹子示意後，走向廚房。

「好漂亮，真的是把家裡直接變成咖啡館了呢！」

女性驚嘆的聲音也傳進了廚房。

「方才回應妳的人，是我的合夥人，她的姓氏是尾巴的『尾』、福氣在內的『內』，所以是尾內（OUTI）。『我家』咖啡館和她的姓氏同音，這裡的確也是她的家，就是一種雙重意義的感覺。啊，請隨意找個喜歡的地方坐下來。妳看，裡面那棵櫸樹下方有桌子，或是想坐在這裡的露台席也可以喔。」

三樹子熱情地招呼著客人。我帶著菜單和水走出廚房，看見穿著草綠色針織衫的女性，選擇坐在倉林女士和三樹子的桌子旁，柴犬則乖乖地坐在她腳邊。

「牠好乖喔。」

有著深邃雙眼皮的女性，抬頭看著我，彷彿有問題想問。

「牠啊，不知道是害羞還是戒心比較重，明明是狗，卻像借來的貓❷一樣拘謹……」

她的聲音越來越小聲，看樣子，戒心重的不只是柴犬。女子拿起菜單閱讀。

「點什麼好呢？剛才迷路了，找路找得有點累，請問，想要濃郁又提神的咖啡該選哪一種？」

「這樣的話，來杯以曼特寧為基底的特調咖啡如何呢？」

「可是，曼特寧不會過濃嗎？」

女性抬眼看著我問道。

「雖然濃醇，但苦味很快就消失了，喝起來口感溫和，我覺得不會過於濃烈。」

「那，就選這個。」

「好的，請稍候。」

我走回廚房時，「請問……」我聽見女性低沉地說道。

「妳們是這裡的常客嗎？」

「哦哦，說是常客嘛，應該比較像是親戚吧。我是住在隔壁的倉林，和住在這裡的香良是——」

倉林女士操著昭和時期的鎌倉婦人口吻向客人自我介紹，與方才和我們說話的口氣截然不同。

「而這一位是她朋友——」

「我是林三樹子。」

三樹子立刻接上倉林女士的話。

「我是香良的摯友兼我家咖啡館的合夥人。」

「請問，北条政子❸的墓地在哪裡啊？很久之前我來過一次，印象中好像在這附近，但我一直找不到正確方向。」

「哎呀，跟那首迷路的兒歌一樣，可真是傷腦筋汪汪汪呢。說到北條政子的墓地，那

❷「借來的貓」，形容一個平時比較活潑或獨立的人，當他們處於某個情境或面對某些人時，突然變得非常安靜、拘謹或害羞。

❸北条政子（一一五七年—一二二五年），日本平安時代末期至鎌倉幕府初期的政治人物。她是鎌倉幕府開創人源賴朝的正妻。

就是壽福寺了。妳應該是走錯條巷子，走原路回去，回到大馬路上，接著沿著馬路朝北邊走，然後左轉繼續往前走，接下來只要順著同一條路走——」

我一邊聽著倉林女士為客人指路，一邊在滴濾器倒入第三次熱水。

腦中浮現了朱色山門的景象，它訴說了八百一十多年的歲月故事。穿過山門之後，一條鋪滿鵝卵石的參拜道路筆直延伸，櫸木佇立於道路兩旁。我和我父親常去那裡散步。明明離我這麼近，我卻好一陣子沒去了，這個週末，找個時間約三樹子一起去走走吧。

濃郁的咖啡香撲鼻而來，我將咖啡倒入深灰色的杯中，這杯子的顏色讓我聯想到壽福寺的鵝卵石。

「讓您久等了。」

我回到露台，將杯子放在桌上，女士向我點點頭。或許是和倉林女士、三樹子談過話，讓她較為放鬆，表情也和緩許多。

「和狗狗一起在鐮倉散步很不錯呢。」

小狗依舊坐在飼主的腳邊，一動也不動。即使鐮倉蝶在牠身旁的石蒜飛舞著，牠仍完全不為所動。

「不好意思，牠真的很怕生。」

女性撫著小狗的背說。

「牠叫什麼名字呢？」

倉林女士將手肘撐在大腿上，看著小狗的臉問道。

「牠的名字是俊。」

俊可能是因為突然湊近的人臉而困惑，尾巴垂了下來。

站在後方的三樹子開口詢問女性。

「說到俊，就會聯想到『西鄉殿』的狗狗，是因為飼主您長得像西鄉隆盛❹先生，所以替狗狗取這個名字嗎？」

事實上我也是這麼想的，不過對初次見面的人，而且還是顧客，說她像西鄉先生，好像不太禮貌。

「不是。」

女士立刻否認。她抿著嘴，表情越來越嚴肅。

「不是因為我的臉，是牠的長相。牠眼睛裡充滿傲氣，看起來很英俊可愛。」

❹西鄉隆盛（一八二八年—一八七七年）是日本江戶時代末期（幕末）的薩摩藩武士、軍人、政治家。

她的聲音十分僵硬。

「原來是這樣，恕我失禮了。」

三樹子回應的聲音同樣僵硬，尷尬的程度絲毫不輸對方。三樹子的五官比較扁平，所以她一直很喜歡和自己長相完全相反的深邃臉孔，我知道她說這些話其實沒有惡意。

山雀的鳴叫聲格外響亮，女士沉默地喝著咖啡。

「哎呀呀，真是的。」

倉林女士為了化解尷尬，「呵呵」笑了一聲，然後輕拍拍三樹子的方肩。

「真是的，她實在不會說話。就讓敝人，鐮倉一一九來翻譯翻譯，她的意思是妳那有氣勢的臉龐，使她聯想到了西鄉先生，來，妳說對不對？」

三樹子噘著嘴，點點頭。

「是的，可是卻——」

「啊，我也很抱歉。我看起來很不高興嗎？我無意如此，不過似乎表情不太好看。因為我真的聽膩了，每次介紹牠的名字，大家都會對我說『因為妳長得很像西鄉殿，狗狗就沿用他愛犬的名字對嗎？』」

女性深邃雙眼皮下的目光，將目光移向三樹子她們那一桌。

「話說回來，我剛剛一直很在意妳們桌上的那個甜點……菜單上好像沒有這一項？」
「不好意思，這是營業前的小點心——」
我試圖解釋，三樹子卻打斷了我的話。
「小點心沒錯，今天特別提供給您，我想想，收您三百日圓如何？」
「三百日圓？可是這應該不是販售商品吧？既然如此，那算我便宜一點吧。」
三樹子想了想，點頭同意降價。
「我明白了。那——」
女性笑著搖搖頭。
「沒有、沒有，我開玩笑的。在鎌倉可以喝到這麼美味的咖啡，還能用三百日圓吃到無花果，簡直便宜得不可置信。麻煩幫我加一份糖漬水果。而且，這裡的庭院很大，在這裡玩感覺也會很開心，對不對啊俊。」
女性摸摸俊的左耳，狗狗開心地搖著尾巴。
「現在沒有其他客人，如果您不介意的話，就讓牠在這裡跑一跑吧。」
女性笑著應允。
「對了，我可以住在這裡嗎？」

「住這裡？」

我下意識地反問她。

「是的，其實昨天我是為了找房子來到鎌倉的。今天早上，我逛了一下鎌倉，本來打算下午去問問仲介，結果走沒多久就迷路了，後來我看到外面看板上有招募房客的傳單，我就想著進來參觀看看。傳單上也寫著詳細面談，所以我想詢問是否允許帶寵物同住？」

外面的傳單？

「啊，是，關於住宿——」

我不知所措地看著三樹子，她莞爾一笑。

「歡迎歡迎，寵物當然沒問題。」

她點點頭，彷彿她才是合租房屋的房東。

「可以唷，當然可以，我也很喜歡狗狗。」

倉林女士附和同意。

「其實我之前也養過尋回犬，牠一直活到十五歲喔！不過五年前過世了。我最近開始有點想念小狗，而且，我剛剛才聽她們說準備開始經營合租民宿，馬上就找到住客，真是嚇到我了。好厲害啊，怎麼會這麼巧呢？」

倉林女士講話的口氣，從昭和時期的鎌倉婦人，變回她平時的樣子。她拍拍手，「請多指教啊」，她說完再度看向俊的臉。

「太好了。抱歉，我還沒有自我介紹，我叫藤村里子。」

女性摸著俊的下巴說。

「昨天我住在車站附近的飯店，那我吃完無花果之後，可以去壽福寺參拜北条政子的墓地後再回來嗎？」

「當然可以，等妳回來之後再去看看房間，現在的話可以任意挑選，選擇妳最中意的房間。不過，這真是個好兆頭呢，畢竟合租民宿才剛起步而已，未來也請多多指教唷。啊，我去樓上整理整理。」

三樹子飛快地說完後，立刻從座位上站起來。

「那請妳稍等，我去拿糖漬無花果過來。」

我也站起身來。倉林女士給我一個「接下來的事交給我」的眼神。

走進屋子，我攔下正蹦蹦跳跳走向樓梯的三樹子。

「喂喂，這到底怎麼回事？」

我在她耳邊低語，犯人對我咧嘴一笑。

「香良妳再怎麼漫不經心，聽到我們的談話都該明白了吧。早上我去散步的時候，在好幾個地方貼了『我家咖啡館　鎌倉車站徒步八分鐘　空房招租』的傳單。好神奇喔，居然這麼快就有效果。我才剛貼沒多久，也還沒在社群網站上宣傳呢，果然是揀日不如撞日啊。雖然新房客感覺有點敏感，不過她也說是開玩笑的。這也算是一種緣分啊。太棒了，下個月開始就能獲得六萬日圓了！」

山雀的啼叫聲不絕於耳。平穩的啼叫聲中，夾雜著倉林女士正在對住客說明的聲音。

「她一開始雖然看起很緊張，但妳看，後來也和倉林女士相處得很好，雖然她身上很多謎團，搞不清楚她是謙虛還是厚臉皮，但感覺可以和她好好相處。來吧，我們去把樓上整理乾淨吧。」

三樹子拍拍我的肩膀後，迅速地上樓。

第　二　章

『墨』逆之交

三樹子

叮一聲響起。廚房的置物架上放著烤箱，我打開烤箱門，取出兩片剛烤好的吐司，上面鋪滿了魩仔魚，撲鼻而來的海鮮味混合著奶油香，令人想要立刻大快朵頤。

歷史悠久的掛鐘響起八點的鐘聲。

「妳要去叫里子小姐嗎？」

在我身後沖咖啡的香良看著我。她自己不吃早餐，每天這個時間她都會為我們準備兩人份的早餐。

「只要到了吃飯時間，她就會主動下樓的，不用一直去叫她。」

我在餐桌上放好兩份吐司，然後坐在背對窗戶的固定位置上。當我把另一個盤子放在我對面的座位上時，我聽到樓梯傳來規律的下樓腳步聲。看吧！我說得沒錯吧。穿著抹茶色運動衫的里子走進客廳。

「大家早安。」

「早啊！」

她今天也和同伴一起出現。

「啊，俊也早安啊。」

連一開始不敢離開房間的俊，現在已經敢跟著飼主來到起居室了。里子在我對面的位子坐下。

「早安。」

香良手裡端著托盤向我們問候，接著她在爸爸的照片、我和里子面前各放了一個杯子。

「哇，好香啊。我們趕快呷囉。我要開動了！」

我快速地雙手合十又放開，張嘴咬了一口魩仔魚吐司。

「好好吃！」

海鮮味和奶油的鹹味揉合於香氣之中。我拿起芥末色咖啡杯嚐了一口，今天的咖啡仍很美味。

「這種淡淡的甜味和苦味真是深得我心。香良，今天是什麼豆子？」

「是妳喜歡的瓜地馬拉喔。」

我在福井時，很少喝咖啡，偶爾外出時會買來喝，但總是加入許多牛奶和砂糖。可是香良沖給我的咖啡，完全不需要加任何東西。

放下咖啡杯，我又咬了一口吐司。喔?當我心裡想著「哦?這是什麼口感?」的時候。

「魩仔魚下面有放海苔！」

里子露出滿足的微笑。她腳邊的狗狗，眼神充滿渴望地仰望著主人。

「嗯，今天的吐司有放海苔。」

「今天的？妳是說會有其他口味嗎？」

聽見里子的問題，香良雙手捧著青磁色的杯子點了頭。

「之前我一個人住的時候，常常會做魩仔魚吐司當午餐，然後依照那天的心情放上許多配料，有時候放起司或生薑，或是灑上切碎的紫蘇，海苔也是選擇之一。三樹子，妳還記得嗎？」

香良轉頭看著我，露出懷念的微笑。

「以前我們經常一起吃的海苔吐司。」

年代久遠的赤茶色沙發、還在使用的黑色電話，插在吐司上寫著「創始海苔吐司」的小旗子……

「怎麼可能忘記。有一陣子，我還拿海苔吐司當主食呢。」

香良喝著咖啡點點頭，然後看向里子。

「以前我和三樹子常去神田的咖啡廳，那裡的海苔吐司很有名。一開始我也覺得：什麼？在麵包上面放海苔？不過品嚐過後發現非常美味，所以我在家也開始會在吐司上面放海苔。」

大學時期，我們都迷上了神田的那家咖啡廳。我和同班的香良一起回家，肚子餓時就會去吃點東西。在奶油吐司上鋪海苔，加上少許醬油。這麼簡單又美味的食物，我一直想在家裡做看看；然而當時我住在套房裡，從未使用過那個狹小的廚房。房間和我的腦袋都是一團亂，無暇也無力切換成烹飪模式。

「哦，原來神田有賣海苔吐司的咖啡廳啊。」

里子咬了一口吐司後說。

「雖然店面很老舊，但是整體氛圍很舒適，總是不知不覺地待上很長時間。」

「這個嘛，其實我之前一直在神保町工作，直到兩年前才辭職。下班回家時，經常會去神田逛逛。」

「原來是這樣啊。」

香良輕聲地回應里子。

「嗯，當時在一家小小的出版社工作，我的職位一直是會計，前年因為年滿五十歲了，所以申請提早退休。退休前我一直住在東京的東半部，基於種種原因遇到了傻。後來覺得既然養了狗狗，想住住環境比較好的地方，所以才搬到這裡來。」

原來她今年五十二歲啊，我偷瞄一眼里子的灰白色短髮。可能是因為她沒有染髮也沒有化妝，我本來以為可能還要更年長一些。我轉頭看向隔壁的香良，這個香良居然讓里子把年齡、工作經歷、住在哪裡，這種倉林女士都問不出來的事情一口氣全說出來了。

「去神田時，妳都逛哪些店呢？」

香良下垂的眼睛裡充滿笑意。她的臉真的很神奇，眼睛的距離很開，嘴巴嘟嘟的，雖然她的臉並不算大，但總覺得五官間的留白很多，或說是看起來很通透，加上她總是把頭髮束在腦後，整個看起來更顯清爽。看到這樣一張臉，對方一定會不自覺放鬆下來吧。

「這個嘛，我對炸豬排絲毫沒有抵抗力，而神田、淡路町那一帶有不少炸豬排老店。」

「這樣啊，經妳這麼一說，的確那附近有許多知名的餐廳。」

真有妳的！居然連里子愛吃的東西都問出來了。

我十八歲的時候就認識香良了，迄今相處了近三十年，但我還是不太瞭解她。她總說自己陰沉、喜歡獨處，情緒低落，可是她總是善於傾聽，令人卸下心防。或許正是因為這項技能，倉林女士才會三天兩頭過來找她聊個不停。

「妳也喜歡炸豬排嗎？」

里子興致勃勃地詢問香良。

「我父親還在世時常常和他一起吃，有時候會特別想念炸豬排的味道。對了！那我們今天來炸豬排如何？」

「不錯耶，啊，可是今天是星期六。」

兩週前，我們三個人一起討論著今後的菜單，那時我們決定好星期六是「咖哩日」。……話雖如此。規則就是為了破壞而存在的啊！里子妳真是個乖乖牌。

「我忘得一乾二淨了，那下次再吃炸豬排，對了，里子妳喜歡里脊肉？還是——」

「當然是里脊肉！」

「這樣啊，我喜歡的是腰內肉——」

想要加入兩人之間的炸豬排話題，現在是最好的時機。

「說到炸豬排，那當然要吃里脊肉啊。把芥末和醬汁大量地淋在熱騰騰的肥肉上，那種美味簡直難以形容。」

「我懂、我懂！」

喜歡里脊肉的里子點頭如搗蒜。成功加入話題了！

「這個嘛，那妳麵衣喜歡什麼感覺的？低溫慢炸的白色麵衣？還是高溫炸得酥酥脆脆的……」

深邃的雙眼皮眼眸看向我這裡。這應該是里子第一次對我們個人的喜好感興趣。

「我絕對選擇金黃色。油炸後的金黃色是這個世界上最能促進食慾的顏色。」

「這個嘛，我也是。無論是味道或是外觀，我都偏愛金黃色。今天的魩仔魚吐司，四周圍了一圈漂亮的金黃色，烤得非常完美。看樣子，我們可以期待香良的炸豬排。」

里子撫撫自己的肚子，然後對著腳邊的俊講話。

「這裡面本來有魩仔魚吐司，不過我全部吃完了，你看，空空的吧。」

里子拿起空盤給愛犬看。

「俊好像也很喜歡吐司，妳看，牠在吃空氣吐司。」

俊把前腳搭在餐椅上，伸出舌頭舔著空氣。

「真的耶。」

香良說完後，瞇著眼睛看著俊。

「話說回來，俊的身體也是金黃色的呢。」

俊好像察覺什麼，看了我一眼。

「俊，你放心，不管你有多金黃，阿姨都不會吃你的喔。」

「哎唷，三樹子小姐妳真是的！」

里子大笑出聲。窗外陣陣秋風吹拂，鳥兒們愉悅地高歌。餐桌經過精心保養，沒有擺放多餘的物品，咖啡香氣瀰漫在空氣中，聽起來沒什麼重點的對話，這種漫不經心的感覺，令我非常舒適。

與我一個月之前的狀態截然不同，我從來沒有如此輕鬆自在地吃過早餐。每天早上五點半起床，腦袋昏昏沉沉地走進廚房，然後在塞滿調味料、沾滿油污、失去光澤的空間裡做著便當和早餐。寶特瓶、罐裝啤酒、蜜柑、鮪魚罐頭、面紙、遙控器等雜亂地擺放在餐桌上。前夫讀著報紙，兒子拿著手機，像吃飼料般一口一口把食物塞進嘴巴裡，完全沒有對話。沒有時間、沒有笑容、沒有感謝之詞，什麼都沒有的早餐……而電視裡的節目主持人正在大聲喊叫著。

「要再來一杯嗎？」

看著里子面前的空杯，香良開口詢問。

里子笑著搖搖頭。

「謝謝妳，今天的咖啡真的很好喝，不過我已經吃飽了。請問可以給我一杯水嗎？」

里子從運動衫的口袋中拿出藥盒。這一個星期以來，里子似乎出現嚴重的熱潮紅現象，每餐飯後都會吃四顆大豆異黃酮更年期保健品「命之母」藥丸。

「好的。」

香良準備起身，我抬手阻止她。

「妳坐著，我去拿。」

自從來到這裡，很神奇的，服務他人對我來說不再是件苦差事。廚房的檯面上除了香良愛用的電子手沖壺外，沒有擺放其他東西。窗邊可以看見製成乾燥花的西洋繡球花，我不知道原來失去色彩的花朵也能別有一番韻味，窗戶旁邊有個架子，上層放的是香料，下層則是擺放整齊的咖啡豆收納罐。洗碗、整理水槽、保持空間整潔乾淨，這是我最自豪的事。我從吊櫃裡拿出玻璃杯，再從冰箱裡拿出礦泉水，返回餐廳交給里子。

「謝謝。」

奇怪？道謝的聲音不太自然。是我太敏感嗎？不對，不是我過敏。方才和樂的氣氛一瞬間降至冰點。里子接過玻璃杯後，突然皺起眉頭，將杯子對著窗戶舉高仔細看著。

「唉。」

她長嘆一口氣後看向香良。

「請問有面紙嗎？」

香良默默地遞出木製面紙盒。里子從中抽出兩張面紙，摺成正方形後，開始擦拭玻璃杯。

「這下變乾淨了。」

她讓俊看著她剛才擦好的玻璃杯，滿意地點點頭後，在杯中倒入礦泉水。這是什麼態度？里子從藥盒中取出四個白色藥錠放入口中；從剛才我就一直觀察著她的一舉一動，但她卻完全沒有打算和我眼神接觸。

我的心中彷彿出現了如煤焦油般的漩渦。大聲嘆氣、逃避視線、刻意說給我聽的那句話，那些因揮別所有過去而結痂的傷口，又開始隱隱作痛。

我吃完盤裡剩下的吐司，味同嚼蠟；我端起芥末色咖啡杯，冷掉的咖啡好苦，但我依舊一飲而盡，將那股湧上心頭的怒火一併吞下。

是我的錯，不管做什麼都不夠仔細，連玻璃杯都洗不乾淨，受人批評也是責無旁貸。

「真是的，妳到底是怎麼長大的？」

「妳就是這麼糟糕，孩子才會變成笨蛋。」

「妳這個人就是粗心大意！」

極其冰冷的眼神、充滿不屑的語氣，和那群人一模一樣。不對，錯當然不在我身上，是那群人有問題，為什麼他們總是如此冷酷無情地傷害別人呢？

「我說啊……」

對方不是那個惡婆婆也不是前夫，我要忍耐。

不行，我忍耐不了。

「欸，我說里子小姐啊，妳可不可以別用那種方式說話？好像當我不存在似的，有什麼不滿的話，直接對著我說啊！」

俊一直看著我。抱歉，剛剛那些話不是對你說的。

「如果說了有用，我當然會說。」

「啊？什麼意思？」

里子依舊沒有轉過頭來看我。她一邊撫摸著驚慌失措的俊的下巴，眼珠以極快的速度左右轉動著。

「我不知道是說了沒用，還是妳根本不願意改進。這個嘛，我完全無法接受骯髒的玻璃杯，妳仔細看過自己擦拭的杯子嗎？杯口總是殘留著像鱗片一般的污垢，那叫水垢。如果妳沒有好好擦乾水分，自來水裡的鈣和鎂就會沉澱——」

「啊？妳在說什麼鬼話，我根本不想知道產生水垢的原因！」

「三樹子，妳別跟人家吵架。」

香良介入調停。

「妳先別說話，這是我跟里子小姐之間的問題。」

里子終於轉過來看著我。

「妳沒必要遷怒香良小姐吧。」

「愛遷怒的人是妳吧！我不知道妳是更年期還是怎樣，別把氣出在我身上。」那雙深邃的眼眸瞪視著我。

「我說啊，這幾天我可是暗示妳好幾次了。每次看到充滿污垢的玻璃杯，我都會嘆氣，或是用手指稍微搓掉污垢，因為我擔心直接說出來會傷妳的心，我也是盡我所能地顧及您的顏面啊。」

里子刻意選用恭敬的詞彙，在我聽來相當刺耳，將方才稍微拉近的距離，一下子又拉遠了。

「香良遞給我的玻璃杯，每次都很乾淨。妳知道為什麼嗎？因為她拿給我之前都會仔細檢查過，有污垢的話就擦乾淨，這才是體貼的做法。妳是我家咖啡館的合夥人吧？那麼妳多花點時間留意這些細節如何？」

黑色眼眸中藏著無比的不滿與憤怒。太像了，像極了那對惡婆婆遺傳給前夫的深邃雙眼皮。啊，我終於明白了，難怪我一看見她就很火大。

「要是不滿意的話，妳不會自己做嗎？」

里子冷笑一聲。

「妳打算怠忽職守嗎？」

她壓低嗓音說。

「啊？這話什麼意思？」

我不甘示弱地加重語氣，但敵方絲毫沒有動搖。

「洗碗、配餐、整理廚房，這是妳留在這裡的條件吧。這個嘛，我都知道喔。平時也沒做什麼工作，卻只付四萬五千日圓的租金住在這裡，而且還霸佔了二樓最好的房間，不僅空間大還附帶家具。」

為什麼里子會知道這些事？我怒視著站在我身邊的人。

「不是我說的。」香良搖著頭表示。香良這個人不曾說謊，犯人是隔壁那個大嘴巴女人嗎？這種事根本不重要，現在我最應該痛恨的人，是眼前這個愛挑剔的「西鄉殿」。

「什麼叫霸佔？我是這裡的合夥人，當然可以住在好房間。我告訴妳，那個房間大歸大，西曬卻很嚴重。」

「您的日子過得可真舒服呢，每次都用西曬嚴重的藉口，在二樓的和室裡大睡午覺。

那個和室明明是共用空間，也被妳霸佔了。我說啊，妳別用那種眼神瞪我。妳嚇到俊了。」

俊剛剛聳立的耳朵，現在垂下來。

你啊，有沒有被惡劣的主人虐待呢？她有沒有對你精神虐待？

我開始同情這隻可憐的狗了。

「俊害怕的是妳、這、個西鄉殿！」

「西鄉……真過分。」

「要我說幾次都行！西鄉殿、西鄉殿、西鄉殿……到底是怎樣？為什麼這麼愛挑毛病？從剛才開始妳就一直在雞蛋裡挑骨頭。」

「妳才是粗心大意也要有個限度！那我就繼續挑更多毛病好了。負責打掃廚房和衛浴設備的人是妳吧，可是妳每次中午用完吹風機，地上都有一堆頭髮——」

「香良也會掉頭髮好嗎？」

「對的，那可能是我的頭髮，真是對不起。」

香良怯生生地低下頭。拜託一下……我斜眼瞪著我的合夥人，現在不是妳該道歉的時候。

「不對。香良小姐的頭髮是黑色的，掉滿地的是棕色頭髮，而且根部是白色的，看起來很像POCKY餅乾棒。」

她低沉沙啞的聲音，我越聽越刺耳。

「……我還以為妳要說什麼大事。妳看見掉在地上的頭髮會暈倒嗎？用有水漬的玻璃杯喝水會死嗎？真的很愛挑剔耶。」

「我不是挑剔，而是注重細節。我一直很在意俊的氣味和掉毛的問題，所以我忍不住去注意這些地方。聽好了，和其他人同住就是這麼回事，妳本該注意自己的行為是否會使其他人覺得不舒服，然而，妳卻是——」

煩死了煩死了煩死了！我受夠了，我不想繼續聽下去了。或許是感受猶如冰原氣候的現場氣氛，俊走向落地窗旁邊的沙發。牠金黃色的背後朝著我們，趴在地毯上。

我最喜歡的那條格子披肩正披在沙發背上。我摸摸自己燈芯絨的褲子口袋，手機和錢包都在。

「——我並非因為比妳多付一萬五千日圓而心生不滿，可是——」

我雙手用力地拍打餐桌。

「我明白了。」

里子和香良同時看向我。

「好好好，都是我的錯行了吧。我是世界上個性最糟糕的女人，反正妳就是看我不順眼，那妳就和看得順眼的香良好好相處吧！接著麻煩您完美地打掃環境，然後以四萬五千日圓的租金住下來吧，我就先告退了。」

我站起身來，用力過猛之下，餐椅往後一倒，俊聽到聲響轉頭過來，尾巴垂到了地上。

我邁開大步。

「等一下，妳這是做什麼？」

我抓起沙發背上的披肩披在身上，雙腳塞進放在落地窗前的運動鞋裡，右腳卻一直塞不進去，我將腳尖抵在露台的石頭上，勉強擠進去。

停在柵欄門上的鳥兒一齊飛走。

「哎呀，三樹子妳──」

我快跑離開，遠離背後傳來的聲音。

✻　✻　✻

樹木沙沙作響，冷風肆意吹襲，不管我撥開多少次，頭髮還是一直黏在我臉上。啊啊，我受夠一切了。我忍不住嘟囔著。氣沖沖地爬上斜坡，不確定已經離開家多久了。況且為什麼我非離開不可？該離開的人是那個借住的里子才對吧！那對深邃雙眼皮中隱藏的惡意、刀刀見血的言詞，破壞早晨餐桌安寧的那個女人。光是想著這些我就……不行，我必須停止思考。我重新披好披肩，大步向前邁出。

前方出現滿是蕨類與青苔覆蓋的隧道。鳥居旁有塊高大的石頭，上面刻著「錢洗弁財天 宇賀福神社」的文字。之前我曾與香良一起來過這裡，那時我還在東京當上班族。

「穿過隧道就可以看見神社——感覺真浪漫。隧道真的很不錯，好期待另一頭有什麼在等著我們喔！」

「我也很喜歡這種隧道，不過如果要我選一個的話，與其看著隧道外的那道光明，我寧願駐留在暗處反而更心安。」

她的個性從以前就這麼陰鬱，卻偏偏有一副討人喜歡的臉孔。在里子面前也總是裝出一副好人的樣子。明明我才是最為香良著想的人，她卻不站在我這邊，太奇怪了吧？那個傻呼呼的笨蛋。她一定是覺得我是突發奇想，才會拉著她一起經營合租民宿。香良這一年遭遇爸爸過世，剩下孤獨一人，她根本不明白我有多擔心她。以前香良的爸爸曾對我說過，「雖然現在說這些話有點早，但如果以後我有個萬一，妳能不能一直陪在香良身邊呢？」沒想到爸爸竟然這麼早就離開她了。的確因為離婚，我過得不算順心，可是，就如同我操心那個念了半年三流大學，結果輟學去打工的兒子未來該如何一樣，我也同樣擔心「心友」接下來的生活。可是，那女人一來之後就變樣了。我的腦海中浮現出那雙有些無辜、略帶困惑的下垂眼。開什麼玩笑！

我走進錢洗弁財天的黑色洞穴之中。明明氣溫變低了，卻有股不可思議的溫暖包圍著我。我停下腳步，深呼吸一口氣，那股一直積壓在我心裡的負面情緒，彷彿稍稍得到慰藉。我筆直地朝著面前那道光繼續往前走。

出了隧道，穿過排成一列的白木鳥居便抵達本社。時間尚早，參拜客人潮不多。我在社務所用一百日圓購買線香及借用竹籃。

我站在奧宮之前，朝著祀奉市杵島姫命的本社投入香油錢，接著鞠兩次躬、拍兩次手以進行參拜。香良告訴我，參拜時，如果沒有報上住址的話，神明可能會找不到我們。別看她那樣，她其實挺虔誠的。

「我是林三樹子，住在神奈川縣鎌倉市扇谷○×□，感謝神明給我機會來此參拜。現在是我最糟糕的時刻，請保佑我能夠過上更安穩、更幸福的生活，也請保佑我此生絕不再為金錢所困擾。」

我誠心誠意地祈求後向神明鞠躬。

我點好線香插入旁邊的香爐後，往旁邊錢洗弁財天奧宮的山洞走去。寫著御神燈文字的燈籠照亮整個清洗區，靈水潺潺水聲令人心曠神怡，我從架子上取下杓子，蹲在清洗區前，小心翼翼地不弄濕自己的帆布鞋。距離我大約一公尺處，有一位女性，她穿著黑底粉色蘭花圖樣的華麗針織衫，年齡大約七十餘歲，從她身上傳來彷彿倒完整瓶香水的甜膩氣味，長長的手指甲上擦著淡紫色的指甲油，拿著杓子，對著放在竹籃中的一萬日圓鈔票淋水。

我從褲子口袋中拿出三折錢包，本來想拿出五千日圓紙鈔，後來仔細想想，最重要的不在金額多寡。我從零錢包裡拿出一枚五百日圓硬幣，放進竹籃中。香水老奶奶正用印著薔薇圖案的手帕，仔細地擦拭剛洗好的一萬日圓，我背對著她，拿起杓子裝水。

「請將淨化過的錢使用在有意義的地方上」

我看見一旁的告示文字。我要如何使用這個五百日圓硬幣呢？等翻了幾百倍之後，再把這筆錢當成我的養老金吧。

距今大約一個月前的九月九日，也就是結婚紀念日，我提交了離婚申請書。近二十年的婚姻生活，為什麼會走到尾聲，真的一言難盡。前夫的精神虐待、對兒子的教育虐待、外遇、性格不合，各種因素交錯糾纏之下，讓我的內心逐漸變得糾結且壓抑。自己有不對的地方——他到死都不可能有這種想法。把「最好搞清楚，妳這種人是靠誰才能活下去的？」這種話當成口頭禪的情勒前夫，如果對我有一絲絲體貼，我們也不至於走到離婚的地步。贍養費兩百五十萬日圓，想到那人的年收入有八百萬，應該多索取一百萬才是；財產分配五百萬日圓；一點一滴存下來的打工薪水一百四十萬日圓；母親的遺產加上賣掉琦玉老家的兩千萬日圓；在緊急狀況下可作為生活應急基金的人壽保險，這就是我的全部財產。人生還要繼續走下去，想要靠這些錢無憂無慮地度過晚年生活，遠遠不夠。

若知道會有這麼一天，我應該早點找個長期的工作。在日本雙薪家庭比例最高的福井，那個人卻不允許我出去工作——家裡的事情都做不好，還想出去工作。甚至我只是去打個工，他也很不滿。

「弁財天大神，」

我一邊對竹籃中的五百日圓硬幣澆靈水，一邊在心中向神明傾訴。

「說真的，我並不清楚自己一個人能做些什麼事，也不知道自己是否應該繼續擔任我家咖啡館的合夥人。偷偷告訴祢，我真的很喜歡香良的房子，就是我現在住的地方，因為那間屋子有天窗，還有彩繪玻璃啊，展現了大正時期的浪漫呢。復古的床鋪，感覺就像

《清秀佳人》書中安妮睡的那種床，我真的好想永遠住在那個房子裡喔。可是呢，那個合租民宿裡有一個性格很糟糕的人，啊，人際關係不是弁財天的管轄範圍吧。總之，開幕大概一個月了，沒有其他的房客，咖啡館的生意也門可羅雀。我也有用自己的方式督促著我的合夥人啊，盡可能地不增加她的負擔，可是她還是一樣傻呼呼的——」

「好了。」香水老婆婆起身，離開了山洞。

清洗區剩下我一個人。整個環境只聽到靈水潺潺的流動聲，甜膩的香水味漸漸散去，我拾起竹籃內的五百日圓硬幣，緊握在手中。

「那麼弁財天大神，我已經切身體會金錢的重要性，絕對不會肆意揮霍金錢，我也會有意義地使用這枚福幣，所以請祢保佑，請讓這筆錢翻成百倍、千倍回到我身邊。」

我翻找褲子的口袋，摸到一個被錢包擠壓的布料觸感，拉出來一看，發現是鬱金香花紋的手帕。我仔細地擦拭五百日圓硬幣，用手帕包妥後，站了起來。因為我一直保持半蹲姿勢，起身時膝蓋感到一陣麻木刺痛。我一瘸一拐地離開山洞，右手邊的深處有一個小小的樓梯，我記得之前和香良一起來時，曾經經過這條路。

「只要發現樓梯，無論是往上還是往下，我都很好奇它到底通往何處呢。」

「三樹子，妳的目光總是看得比較遠，我好羨慕妳的積極。」

「我跟妳說，這算不上什麼積極。只是我討厭當下，所以才盡可能稍微看遠一點。」

當時我們有過這樣的對話。那時候，下樓梯也不如現在這般費力。

下樓梯途中，有一座被竹籬笆和樹木圍繞的古民宅，門口放著咖啡館招牌，門柱上掛著黑板，上面寫的菜單吸引了我的目光。

「起司蛋糕、紅茶套餐三百日圓，內有其他菜單」

粉紅色蠟筆所寫的價格，讓我忍不住看了兩次。

三百日圓！價格這麼便宜，會不會是迷你尺寸的起司蛋糕呢？不過即使是迷你尺寸，這價格也十分優惠了。連我家咖啡館的一杯咖啡也要六百日圓，目前正考慮調整價格呢。只要銅板價就能享用到紅茶點心套餐，堪稱神一般的價格。我想這一定是弁財天大神的神蹟。

我推開茶色的門，門鈴聲噹啷響起。店內採用間接照明燈，散發出微弱的光芒。

「不好意思——」

我朝著屋內呼喚。

「您好，請直接進來。走廊盡頭的位子都可以隨便坐。」

渾厚的女聲回應著我。

「打擾了。」

穿過昏暗的走廊，有兩間擺著古老家具的房間相鄰著。

店裡沒有其他客人，我選擇坐在透著葉隙光的窗戶旁的座位。明明是初次造訪的地方，心裡卻有種久居於此的熟悉感。

「歡迎光臨。」

店長探出頭來，是位六十多歲的優雅女性。身上穿著瀝青灰色的針織衫，和她的鮑伯頭短髮十分相稱。

「今天想吃點什麼？」

「我看外面黑板上寫的，好像還有其他菜單。」

「今天還有蘋果派和司康。」

好猶豫，蘋果派的ＣＰ值也很高。不過，仔細考慮後，我決定了。

「請給我起司蛋糕紅茶套餐。」

「好的，請稍候。」

店長笑著點頭，轉身去準備餐點。

我居然可以獨享這個大正摩登復古空間，而且只需花費銅板價。我輕撫著經過歲月洗禮的赤茶色桌子；好美的木紋，有種一直被珍惜使用的古物才擁有的獨特韻味，和我家咖啡館的桌子有相同的感覺。自從在鐮倉生活後，我突然發現，應該是突然回想起來，自己其實一直很希望住在這種環境裡。

然而過去在福井家時，那張每天吃飯時用的桌子是什麼材質、什麼觸感，我卻完全想不起來。「妳以為是誰在賺錢養妳啊！」刺耳的聲音一遍又一遍重複著精神虐待般的言語。的確，我不曾為金錢困擾過，甚至有一段時間產生「這就是幸福」的錯覺，可是在福井的日子，我既感受不到平靜，也沒有自由。

「讓您久等了。」

她送來套餐，有一壺紅茶，及比我想像的迷你尺寸大上約五倍的起司蛋糕。由於實在太划算了，我那如烏雲罩頂般的糟糕回憶，頓時一掃而空。

「這種分量真的只要三百日圓嗎？」

店長笑得開懷。

「是的，我基本上把經營這家咖啡館當作興趣。」

我遞出三百日圓，店長點點頭，將錢收入深灰色腰間圍裙的口袋裡。

「這裡原來是屋齡八十年的別墅——」

門鈴再度響起清脆的聲音。

「不好意思。」

玄關處傳來女性的聲音。

「今天有營業嗎？」

「有的。請進，麻煩穿過走廊走進來。」

店長朝著玄關回應。即使沒見到客人，依舊笑臉回應。

「不好意思，話說到一半。因此，這裡的家具擺設十分齊全，我覺得閒置不用實在可惜，所以有空的時候我就會來經營咖啡館。那麼，請慢慢享用。」

店長才離開，新客人便走了進來。

我端著紅茶杯，不經意地看了看房子的入口處。我放下手中的茶杯，用力過猛下，紅茶灑了出來。

那個女人居然跟到了這裡來。

眼前這個身穿卡其色針織衫，張著大大眼睛的女人，和里子長得一模一樣。不對，眼前這個人的頭髮比她黑，而且髮型是妹妹頭，但也有可能是假髮；不過，依照里子的個性，她應該不會戴這種東西。況且狗狗俊也沒有出現。沒事的，雖然不清楚為什麼我要這麼想。總之她只是個與里子長得相像的陌生人罷了。

偽里子坐在我斜前方的籐椅上。從我的位置上可以不用看見那雙濃眉和大眼……我覺得鬆了一口氣。不過沒多久，我又覺得這個人從脖子到肩膀的身體線條，實在太像里子了。

這就是所謂的分身嗎？不對，分身指的是自己看見另一個自己。啊，可是也有聽說過有人目擊到同一個人物出現在不同的地方的消息，而這兩種狀況，都是預示著即將發生不好的事情。我的心臟急速地跳動著。

說不定里子其實是生靈。我感到背脊發涼，腦海浮現出早上那雙充滿恨意的眼睛。的確有可能。總之我得先冷靜下來。我喝了紅茶，吃了一口起司蛋糕。完全感受不到味道。啊——早知道剛剛不要說里子是西鄉殿了。我大口大口地吃著起司蛋糕，這種吃法真的很糟蹋食物。一想到這，我又覺得火大起來。

我將壺裡的紅茶倒進杯中一口氣喝完，然後努力不和生靈有任何眼神接觸，離開了咖啡館。

＊＊＊

長谷寺的楓葉仍未完全轉紅。我走上階梯，略染秋色的樹木搖曳著，彷彿有些害羞。提起長谷寺，最出名的便是紫陽花。我想看看紫陽花顏色褪去轉成乾燥花的樣子，於是來到長谷寺參拜。但此時爬上階梯才發現，所有的紫陽花都已被修剪得不成花形，枝頭上只剩下寥寥無幾的枯葉。真是的。今天想做的事，沒一件順利成功。

今天爬了錢洗弁財天的坡道，又爬了佐助稻荷神社及長谷寺的階梯，我的腳底從剛才開始便一直發出悲鳴，我坐在道路轉角處的大石頭休息片刻。

這個階梯到底還有多少層？我從樹木縫隙中看見的藍天，已漸漸變暗，明明才三點多而已。不知不覺間白天變短了，有點寂寞，又有點冷清……這難道就是秋天獨有的哀愁感嗎？

啊，不過，我這種人居然也會在意日照的長短，果然人都是會變的。住在福井時，為了購物和接送兒子上補習班，我總是開著輕型車在那些一成不變的田間小路中穿梭，來來回回之間一天就結束了。覆著白雪的小山丘、九頭龍川，以及大片的蕎麥田，如果我細心觀察車窗外的風景，或許能夠察覺有什麼變化，不過我當時完全沒有心力顧及這些。

嗯？轉頭一看，突然發現身邊有三尊小地藏石像緊緊依偎在一起。我費力地起身，走到地藏石像的正面。旁邊立有木牌，上面寫著「良緣地藏」。這麼說來，正中間表情最棒的地藏石像，長相很像我呢。月牙般的眼睛，小巧可愛的嘴巴，我是不是可以把祂改名成三樹子地藏啊？然後最右邊小尊的地藏石像，眼睛間的距離以及下垂程度，和香良也很雷同。左邊呢……一張與西鄉殿毫無相似之處的柔和面孔。我雙手合十向三位地藏菩薩祈禱。

「到了這個年紀，我已經不期待找到適合的再婚對象，我斬斷各種緣分，來到了鎌倉。啊，忘了報上姓名。我是林三樹子，住在神奈川縣鎌倉市扇谷○×□，請賜給我家咖啡館善緣和庇佑。」

我想起穿著草綠色針織衫的里子。「那個……」，一個月前，我記得她帶著怯生生的眼神推開我家咖啡館的格柵門。話說回來，距離我在看板上貼招募房客的告示還不到一小時，她就上門了。那也算緣分嗎？真是招來了糟糕的惡緣呢。

「地藏菩薩，請問惡緣能夠變成良緣嗎？總之，無論是哭是笑，或者吵架，我們三個人都必須住在同一個屋簷下，即使不能變成好的緣分，希望至少可以變成一般緣分，讓我們可以好好相處，懇求祢保佑。」

我合著掌向地藏石像鞠躬。

拖著沉重的腳步，繼續往上爬著階梯。我的雙腳發出強烈抗議，已經到極限了，再也走不動了。即便如此，我仍一階一階往上爬。

又爬了幾層階梯之後，視野突然變得開闊。眼前的是超特大尺寸的木製門框，對面的觀景台可以看見鎌倉的街景和相模灣，倒映著秋季天空的湛藍海洋，海面上漾著粼粼波光。原來如此。我像苦行僧般爬了這麼多階梯，就是為了迎接這片美麗的風景。我已經向良緣地藏祈求完畢，來長谷寺的目的已經完成了。我感覺到大海正在呼喚著我。我轉身離開。

走出寺廟大門，我直接前往由比濱大街。街道兩旁，店家櫛比鱗次，有歷史悠久的知名老店、時尚的西點店和咖啡館等。我穿過江之電的平交道，沿著鐵道繼續前行。之後又穿越了國道134號線，終於抵達鎌倉海濱公園。

「在明治時代，這座公園的前身是名為鎌倉海濱院的療養院。之後一度成為鎌倉海濱飯店，不過，戰後不久便遭大火燒毀，只留下一大片土地。」

這些事情是香良爸爸告訴我的。

成為上班族的第二年秋天。我發現本來有結婚打算的男朋友劈腿了，加上每天做些影印文件、倒茶等瑣事，公司甚至連名片也不幫我印，讓我覺得厭煩。工作和感情都不順遂，所以我逃到了鎌倉。為什麼那時候只有我跟爸爸兩個人來呢？啊，香良在家裡準備煮咖哩，我和爸爸一起外出購物，順便到海邊散個步。

步道上開始出現海砂，海風吹拂著臉頰，突然發現自己的腳步越走越快，防波堤盡頭可見寬廣的海洋。我快步走下樓梯。

哦！

我不禁驚呼出聲。

秋日陽光照射下，海洋像灑了玻璃粉般閃閃發亮。我踩著乾燥的沙子，一邊尋找可以看清楚稻村崎的地方。就是這裡，我就地坐下。發光的水面上，海洋和天空的連接線，開始變成淡淡的橘色。海象十分平穩，我一直看著海浪間那些衝浪的人，此時背後傳來一對親子談話的聲音。

「好漂亮喔，我們過去那邊看看嘛。」

「不要！我才不去。」

「別說這種話，我們一起過去看看嘛。」

年輕的母親安撫著孩子說。

「好嘛，今天是你生日，我們過去那邊拍個照啊。」

「不要，抱抱！我要抱抱！」

「小紬，妳已經兩歲了喔，要自己走喔。」

「我不要、我不要！」

進入二歲小惡魔時期的小紬妹妹，不停高聲要求著母親抱她。

「好好好，我知道了。妳是不是想睡覺了？」

她的父親有一起來嗎？

我轉頭一看，穿著粉色公主裝的小紬妹妹，正黏在穿著整套運動服的男性身邊。我和小紬四目相交。我朝她微笑，她迅速地躲到推著嬰兒車的母親背後。「不好意思，她比較怕生」，小紬的母親朝我點頭示意。

我坐著向她回禮後，重新看向海面。微涼的海風，吹開我圍在肩上的披肩。我拉拉大件的格紋披肩重新包好身體，這件披肩是去年香良送我的生日禮物，現在這個動作好像把自己包成禮物一樣。

海浪拍打著沙灘，一位中年女性帶著拉布拉多犬從我面前走過；斜前方有一對情侶互相依偎。

我現在這個狀態實在很難置信，不過二十年前自己也做過相同的事，但我作夢也沒有想到，當時依偎的對象最後會變成善於精神虐待的前夫。

福井的海倒映著霧濛濛的天空，總是灰灰的，不斷拍打而來的海浪比這裡更加猛烈，潔白的浪花格外醒目。即便如此，那天依偎在他寬肩上所看的那片海景十分迷人，至今我仍記得當時心裡那股興奮的感覺，我真是個傻子。

「妳有發現嗎？日語中『海』這個文字裡，包含著『母』字，而且還不只這樣。」

正和在沙灘上寫字。

「這要怎麼唸？」

「Mère，發音是『mɛʁ』，在法語中是母親的意思。」

說完，他擦去沙上最後的字母e和發音記號。

「Mer，這也是『mɛʁ』，指的是海洋。在法語中，母字裡藏著海，和日語正好相反。我記得三好達治❺的詩中，也有這一段。」

正和一邊用手梳著受海風吹拂而乾燥的頭髮，一邊對我說，他那深邃的雙眼皮、纖長的睫毛，我仍記憶猶新。若是四十五歲的我聽到這番話，「耍什麼帥」，我一定會狠狠地笑他。可是，對於二十五歲在東京已疲於獨力生活的我來說，這番話聽起來格外美妙。法

---

❺三好達治（一九〇〇年—一九六四年），日本詩人、翻譯家和文藝評論家。他受到了室生犀星和萩原朔太郎等前輩詩人的影響，並以此為起點，融合了法國現代詩和東方傳統詩的手法，創造出富有知性且純粹的現代詩，開創了獨特的詩歌世界。他的詩風強調了詩歌中的抒情性，並將這些特質表達得既知性又純潔。

語也好，三好達治也好，這種既新潮又充滿知性氣息的對話，深深擄獲了我的心。

我以前認為自己絕對不會去相親。本來只是顧及促成此事的親戚阿姨面子才去赴約，結果出現在海邊餐廳的正和，比我想像中帥上五倍。學歷、身高、收入都高的三高男，長得又好看……而且我很喜歡正和的姓氏。

幸山三樹子

和那天一樣，我把名字寫在沙灘上。

幸福山上的三棵樹。正和、我，與尚未出世的孩子。當時我認為自己的幸福就如同眼前這片海般無窮無盡，不過……

我用拳頭輕敲了自己的頭。到頭來，自己還是沒有識人的眼光，只看外表就給出過高的分數，於是換得了只有缺點、日漸消磨的婚姻生活。

蜻蜓飛在天上繞著圓圈，在我眼裡，其實牠們不過是隨風飛揚罷了。總覺得我的頭腦在不停打轉，漩渦中浮現出里子的臉。對了，我突然想起那個女人第一天到我家咖啡館時所說的話。她本來打算去壽福寺參拜卻迷路了，然後看到我家咖啡館門前貼的告示如何如何的。當時我聽到她那番話，只覺得莫名其妙，表面看起來相當敏感纖細的人，卻在這種時候隨波逐流嗎？真是古怪的女人……

這個我家咖啡館值得紀念的第一號房客，並沒有留給我什麼好印象，對她的好感一直維持在低點。本來今早討論炸豬排的話題時，稍微加了一點分，後來情況急轉直下，發生了玻璃杯事件。

不過……以「正負法則」來看，初始印象還是糟一點比較好。從負數開始的話，接下來只要找到正數就好了。不過現在就認定里子是「討厭的傢伙」會不會太早了？我是否應該暫緩做出決定比較好？不行，我還是無法原諒她。我也不清楚自己該怎麼做。

我閉上雙眼，現在先專心地聆聽來回拍打的海浪聲。由比濱的海浪十分平穩，當海浪接近時，像陪伴在我身邊；又似從我身上承接了什麼，靜靜地退去。以前香良的爸爸對我說過。

「妳什麼都不用想，難受的時候，只要聆聽海浪聲就好，鎌倉的海永遠和善待人。」

我睜開雙眼，地平線上的橘色已染紅了整片天空。

我雙腿伸直，懶洋洋地放鬆著。伴隨著拍打上岸的海浪，我深吸了一口氣。腦中什麼也不想，海浪再度退去。就是現在！我大大地呼氣，新一波海浪再度朝我而來，我吸了一大口氣。不知道是惡婆婆或精神虐待狂前夫，還是里子？到底是誰，為何一直瞪著我？我感覺到他們對我投射的蔑視眼神，那股痛楚再度浮上心頭，滾出去！隨著海浪退去，我再度吐氣。

不知不覺間，天空已經染上了橘色和淺紫色。海浪依舊靜靜地朝我湧來。還要一下子、再一下子，我放空思緒，配合著海浪，反覆地深呼吸。

「怎麼樣？心情有沒有好一點？」

我好像聽見了爸爸的聲音。

褲子口袋中的手機開始震動，打開畫面一看，顯示LINE的圖示。這種時刻傳訊息來的人竟然是香良。

——咖哩煮好了喔。

還附上咖哩飯的貼圖。咖哩醬上還有異常長睫毛的大眼睛正在眨眼。笨蛋嗎？

太陽漸漸落下至稻村崎的另一端。

某處傳來了既熟悉又帶點哀傷的旋律。

晚霞堆滿天，夕陽已西下——

我情不自禁地跟著哼了起來。當聽到這個旋律時，表示現在已經是下午五點了。喔！不對。香良爸爸告訴我，十月起，旋律會提早在四點半播放。

我緩緩地站起來，用格紋披肩包緊身體，離開了海岸。爬上斜坡時，我再度回望海洋。太陽幾乎已經沉入稻村崎另一頭，只看得到一點頂端。海面上完整映出天空由橘轉紫，又轉成淡黑色的層次感。

「等我覺得難受時，我會再來的。」

我也不知道這句話是對著誰說。

眼前出現白色的鳥居，那是若宮大路的入口，也是以前我和香良爸爸一起走過的路。

「我能不能問你一件事？」

「妳都這麼說了，我當然沒辦法拒絕妳呀。」

「那我就問囉，香良的媽媽離家出走時，你是什麼心情啊？」

那時，我問了一個很過分的問題，但我還是忍不住想問。我想請教人生的前輩，如何跨越那些無法承受的辛酸。

「嗯，當然很難過。」

「你恨她嗎？」

「可能恨吧，不過如果一直沉浸在憎恨之中也無濟於事，我和香良必須好好生活，所以我只能向前看，如此而已。」

那時候，爸爸的臉上是什麼表情呢？當時的夕陽反射在眼鏡的鏡片上，我沒看清楚。

若宮大路筆直延伸著。

太陽已完全西下，該是回家的時間了。

＊＊＊

從第二個鳥居向左轉，橫越小町通後，接著穿越橫須賀線平交道。走在電燈照亮的路上，一對動物親子的影子快速閃過我眼前。剛剛那是什麼？好像不是貓。

「我說妳啊，別看到松鼠就大驚小怪的。在鎌倉呢，連這個只距離車站八分鐘路程的地方，驚喜不到十分也有八分！看見各種動物並不是什麼稀奇的事。」倉林女士這麼說過。是白鼻心？貉子？還是浣熊呢……我不清楚那是什麼動物，但牠們往源氏山的方向跑過去了。

幾公尺外的大櫸木的樹影搖晃著，距離我家咖啡館只差幾步路了。我不知道該用什麼樣的表情回去面對她們。我在轉角處停下腳步，香良手寫的「我家咖啡館」招牌還擺在格柵門旁。我踮著腳尖偷看了眼庭院，客廳的電燈照亮著露台。

我用披肩包好身體，安靜且小心地推開格柵門。等等，我幹嘛這麼小心謹慎，應該大方地回家才對。於是我大步邁向露台區。

「我回來了。」

打開落地窗的瞬間，咖哩的香味撲鼻而來。出乎我意料的是，俊居然朝我跑了過來。

——妳跑去哪裡？怎麼這麼晚才回來？——牠停在我腳邊，一直聞著我身上的味道。

「奇怪？你有這麼喜歡我嗎？我去看海了，是大海喔，我身上有海潮的味道對吧。不過你要對大家保守秘密喔。」俊坐在我身邊，我撫摸著牠豎起的耳朵。

「呃、那個……歡迎回來。」

坐在沙發上讀著週刊的里子回頭對我說，說話的聲音很平靜，嘴角還微微上揚。

「嗯，謝謝。」

我報以淺淺微笑。

嗯？我感覺到有人正盯著我的左臉瞧。

妳是哪位？有個大美女正坐在餐廳裡我的專屬座位上。

「啊，妳回來啦。」

香良從廚房走出來，收拾美女前方的赤草紅杯子時對我說。

「這位是道永步美小姐，她看到我們在社群網站上張貼的招募廣告過來的。我跟她提到妳的事，她說想見見妳本人，所以就請她留下來等妳。今天剛好又是咖哩日，機會難得，我就邀請她一起共餐了。」

道永步美露出花朵綻放般的笑容。假如我是男人，看見眼前這個笑容，一定會對她一見鍾情。

「那我去準備一下晚餐，妳們兩個慢慢聊。」

香良走回廚房。

我握緊口袋中包著手帕的五百日圓硬幣。「感謝弁財天大神！立刻就有生意上門了，終於等來了期盼已久的第二號房客，而且還是超級大美女！」我在心中向神明表示感謝，並對步美報以微笑。

「您好，初次見面。我是林三樹子，和香良一起經營著我家咖啡館，妳應該已經參觀過房間了吧。」

步美將長髮勾到耳後，點點頭。

「嗯，我去看過二樓的西式房間了。」

「因為這附近地勢偏低，周圍都是高大的樹木，所以天色很快就會暗下來，所以我建議她先確認過下午的日照情況比較好。」

從廚房方向傳來香良說話的聲音，步美聽到後展現燦爛笑容。

「即使太陽開始下山，透過毛玻璃照進來的光線也非常迷人。房間內附的衣櫃、桌子、燈具和門把，每一樣物品都充滿復古氣息，我相當喜歡。」

她說話的聲音比一般女生低但很柔和。

「我真的很想住在這裡，可以讓我入住嗎？」

步美說完便站起來。她的身高比我想像的高很多，對我深深地鞠躬。清爽的黑髮擺動著，連髮絲都這麼美。

「請坐請坐，哎呀，我也真是的，我沒坐，妳也不好意思坐吧。」

我坐在她斜對面靠窗的長椅上。

「二樓的西式房間，正好在我隔壁，我們當然熱烈歡迎妳入住。啊不過，我有一個小問題。我記得招募條件上寫著，入住本民宿的房客須出生於昭和年代（一九二六—一九八八）——」

「是的，我剛好符合條件，我的生日是昭和五十八（一九八三）年三月九日。」

她深邃的雙眼旁，浮現了魚尾紋，這是三十出頭的人會出現的皺紋嗎？三十歲已經離我太久遠，記不清楚了。

「原來如此，妳是昭和五十八（一九八三）年出生的啊，說真的，現在不用滿足條件也沒關係，我姑且問問而已。話雖如此，妳看起來真的很年輕。」

「沒有沒有，沒有這回事。」

步美笑著搖頭。光是有她在，就足以替我家咖啡館增添幾分光彩。

「雖然覺得很失禮，但我也忍不住問她『妳真的是昭和出生的嗎？』」

香良端著裝有優格沙拉的大盤子及玻璃杯走到餐桌旁，微笑地看著步美。

「對啊，這一定會好奇的，而且會讓人多看幾眼。皮膚又這麼光滑，長得真的很漂亮呢。」

「沒有沒有，這都是優秀化妝品的功勞，我臉上有皺紋有雀斑，毛孔大得跟草莓沒兩樣。」

步美在臉前擺擺她雪白的手。

「三樹子好了啦，年齡話題就到此為止。」

香良對我一笑，接著她朝坐在沙發的里子說道。

「能不能過來幫個忙？」

「好——」

里子起身走到我們旁邊。明明怕生，卻對步美笑容可掬。

「香良，需要幫忙端菜的話，我來端吧。」

「步美等妳好久了，妳陪陪她吧。」

香良與里子在廚房開始分裝今天的晚餐咖哩。薑黃和小茴香和……還加了什麼呢，感覺香味比平時的咖哩濃郁許多。

俊也來到我的腳邊，比起新房客，牠更在意我身上的海潮味吧。或者其實牠是為了掩飾自己害羞？總之牠一直嗅著我腳上的味道。

「步美小姐，妳不怕狗吧？」

步美笑著點點頭。「豈止不怕，我最喜歡小狗了，以前我家養過玩具貴賓狗。牠最黏我媽了，與其說我是牠的飼主，其實更像是手足。」

「這樣啊，牽著玩具貴賓狗散步的步美，看起來一定美得像幅畫啊。」

「沒有沒有。」

步美又在臉前揮著白皙的手。

「那隻狗是冠軍犬的女兒，名字叫做瑪麗，很有架子。散步時也是只往自己想去的方向走，我就是跟在公主旁邊的隨從奶媽，『公主大人，請留步』的那種感覺。」

說完，她縮著脖子輕笑了起來。明明長得一副模特兒般的美貌，個性卻完全不高傲，真是個好孩子啊。不對，等一等。以「正負法則」來看，初始印象還是糟一點比較好。如果一開始就因喜歡她而給了高分，接下來就只能扣分了。

我也隨她輕笑一聲，並且在心中決定不再用偏愛的眼光看待她。

「讓妳們久等了。」

香良熟練地端著兩個托盤走過來，里子則跟在她身後。

「哦，這個是……」

我看著放在我面前的藍色餐盤不禁驚呼出聲。黑色的咖哩醬和白飯整齊地各佔了半邊盤子。彷彿連結黑與白一般，正中間放了四個壓成圓形的紅色甜椒。

「哇！好好看。」

步美仔細看著盤子。

「這是墨魚咖哩。雖然外觀看起來很好看……」

坐在步美身旁的香良，露出了狡黠的眼神。

「說得沒錯。初次在我家咖啡館用餐就吃墨魚咖哩飯，挑戰難度確實有點高。」

坐在步美對面的里子也抿嘴一笑。

「步美小姐，不好意思啊，可是今天無論如何我都想煮墨魚咖哩飯。」

香良看了我一眼。

原來啊原來，真不愧是我的心友。我用眼神向香良示意，雙手合十。

「不過也有同吃一桶飯的說法對吧。」

「三樹子，是同吃一鍋飯，不是一桶。」

「哎唷——香良妳很在意這種小事耶。別說那個了，這咖哩看起來超美味的，我們趕快呷。我開動了。」

我用湯匙跨越黑白分明的界線，輕輕舀起一口。

「真好吃！」

鮮香味十分醇厚。墨魚的香甜，搭配墨魚汁的濃稠，又完美結合了小茴香、薑黃與芫荽等辛香料，創造出獨特的風味。和我第一次吃墨魚咖哩時一模一樣；不，比那時還更美味。

我舀起一塊甜椒送入口中。如火焰般的紅色，成為了啟動時光機的開關。那日的情景鮮明地浮現在我腦海之中。

「這什麼東西，黑漆漆的，看起來很難吃。」

亨志看著菜單上的照片，一臉嫌棄。

「這是墨魚汁，墨魚閃避敵人時所噴出來的墨汁，很好吃的喔。」

坐在對面的香良爸爸說道。

「可是，黑色的咖哩感覺有點怪怪的耶。」

我說完，坐在爸爸身旁的香良露出揶揄的笑容。

「三樹子吃東西意外挺保守的呢。妳就當受騙，吃一次看看嘛。」

那是第幾次離家出走呢？起因是正和對亨志的教育虐待。那個笨蛋丈夫，居然強迫就讀小學四年級的兒子「一天必須學習五個小時」，我一氣之下便帶著孩子離家出走。抵達我家咖啡館那天晚上，爸爸和香良帶著我和亨志，一起去大船的咖哩餐廳吃飯。

亨志吃了一口送上桌的漆黑咖哩後大叫。

「超好吃——」

「真的耶，好好吃喔。」

初次品嚐的墨魚汁辣中帶甜，完美濃縮海鮮的鮮香，蘊藏令人驚嘆的風味。

「我沒說錯吧。這種甜與辣之間的平衡，真是讓人欲罷不能。妳看，差點因為偏見而錯過美食了吧。」

看著爸爸的笑容，我和享志不禁啞然失笑。

「爸爸，你的牙齒好黑。好——恐怖喔。」

「妳們還不是一樣。」

香良拿著湯匙露出一口黑牙。

「不會吧！」

我和享志對視一眼，發現彼此的牙齒都變得黑黑的。

「哎唷，怎麼會這樣。」

爸爸指指自己的右臉頰。

「我說三樹呀，妳這裡長了兩顆痣喔。」

我在臉頰上摸到兩顆黑色米粒。我哈哈笑了兩聲掩飾尷尬，並吃掉米粒。

「媽媽，妳好像小孩喔。」

享志在一旁嘲笑我。

「囉唆啦，你這個小孩沒資格說我是小孩。」

「話說，媽媽妳好可怕喔，連嘴唇都是黑的，跟藤子不二雄的漫畫《黑色推銷員》好像喔。」

「咚！」

我模仿漫畫中的人物「喪黑福造」，向前伸出食指。

「哎唷，不要這樣！」

「咚！」

看了我的模仿，享志咯咯笑著。好久沒有看他笑得這麼開心了。爸爸和香良也哈哈大笑。有什麼好笑的呢？被妻子拋下的丈夫和被母親遺棄的女兒；被精神虐待狂茶毒的妻子和兒子；一家人圍坐在餐桌旁，卻像缺少了好幾塊拼圖般不夠完整。

眼前的藍色餐盤，和大船的店相比，無論味道或擺盤全都不一樣。香良為了我，喔不對，是為了我家咖啡館做的墨魚咖哩飯，我大口舀起黑色的咖哩醬送入口中，口腔裡充斥著辣味及後來才出現的淡淡甜味。我咀嚼著切成條狀的墨魚，越咀嚼越能嚐到鮮味，於是我繼續咀嚼、徹底品嚐墨魚滋味。

「完美！」

我話一出口，大家一起爆笑出聲。

「三樹子小姐，妳的牙齒。」

里子指指我。

「妳自己的牙齒也很黑呀。」

「真的嗎？」

她咧嘴露出牙齒，俊便搖起尾巴。

「那個，三樹子小姐。」

黑牙里子對我說。

「今天早上很抱歉。我話說得太過分了。最近我身體一直不太舒服，心情很煩躁，才會……剛剛沒有好好向妳道歉，不過現在我明白了。想要消除疙瘩，最好的辦法就是一起大笑來解開心結。」

「墨有錯啦！大笑總比發火來得好嘛。妳知道嗎？像我們這樣吃著同一桶墨魚咖哩飯，我們也可以稱作墨逆之交了喔。」

我露齒一笑，香良看了也頂著一口黑牙說道。

「這裡每一個人的牙齒都沾了墨汁，尤其三樹子沾得最多，妳到底怎麼吃的，可以弄得這麼黑？連嘴唇都是黑的。」

「咚！」

我朝香良伸出食指。

「哎唷，妳好討厭。」

俊豎起耳朵，不停汪汪吠著。

第　三　章

豬排還是咖哩？

里子

強風拍打著玻璃窗。庭院的草木不太平靜，走廊盡頭也不停傳來鼾鼾聲，宛如地震時會發出的地鳴聲。聲音會越來越大，達到最高峰時停下來，接著又重新開始。比喻成樂譜的話——漸強符號，突然出現休止符，接著是漸弱符號——從剛才起就一直這麼循環著。

里子在棕色的睡袋裡，換了個姿勢。

01:56

數位時鐘放在自製紙箱層架上，螢幕上的文字發著光。這種時候，如果有棉被的話，就可以蓋住頭阻隔聲音了。搬到這個家已經快兩個月了，難得找到條件這麼好的房子，可以帶寵物，租金便宜，並且無須支付押金和給房東的禮金，連平時小心慎重的我，都立刻決定入住。然而，我的個性本就不善於與人交往或合作，我不太確定自己是否能夠習慣和完全不熟悉的外人同住合租民宿。萬一發現自己適應不良，勢必得再搬家，所以目前我先把個人物品控制在最低限度，晚上睡覺就靠睡袋解決。

住進來之後發現，我和香良還挺合得來的，如果以星級來算，大概是★★★★☆的感覺。新加入的步美個性友善好相處，所以是★★★☆☆。目前就算和完全不對盤的★☆☆☆☆三樹子說話，我也不會再繃著一張臉。於是，我考慮買一套適合這間復古西式房間的寢具來使用；然而率先到來的竟是睡眠困擾，這兩、三週來尤其嚴重。如果沒有抓好時機，在鼾聲響起前就睡著的話，那麼我只能一夜無眠到天明。

我拉下睡袋拉鍊，伸直右手，碰觸在三百日圓商店買的球形觸控燈。燈照亮了刻在柱子上的刻度。微弱的光線中，我凝視著牆面。最高的位置旁刻著「15歲、158cm」等字，那是出自香良父親的手筆。

「我都長這麼大了，很丟臉啦。」

「說什麼傻話，這可是妳重要的成長紀錄啊。」

「我覺得我已經成長得夠多了。」

「好好好，我知道了。今年是最後一年了。」

我彷彿可以聽見這對父女在柱子前的對話。我又看了一次「15歲、158cm」，這個之前早已無數次映入眼簾的標記，今天看起來卻格外可恨，我甚至沒有注意到自己將食指指甲使勁壓在左手拇指的指腹上。而我，並沒有一個關心我是否健康成長的父親。

十五歲嗎？那個時候，我的房間裡掛著一面巨大的白板。

$(af(x)+bg(x))'=af'(x)+bg'(x)$

$(fg)'=f'g+fg'$

$\{f(g(x))\}'=f'(g(x))g'(x)$……

大量的算式填滿了整個白板，我雖不情願，但仍動手解著這些題目。如鉛塊般的睡意重重地壓在我的眼皮上，我的大腦裝不進任何東西。

我的生活中只有學習，每天不間斷地學習。什麼社團活動、溫馨鼓勵、和朋友到處逛逛，這些通通不會出現。放學之後必須直接去補習班，然後晚上九點到家。晚上十一點前完成吃飯、洗澡等事情，接下來的兩個小時，必須接受養父嚴厲的數學教學。小學時學方程式，中學時學微分積分，高中時學線性代數，我總是被迫越級學習。當我記不得公式時，養父就會要我在白板上罰寫一百次。

「明天早上我要看到妳完整背出公式。」養父說完便離開房間，沒多久後就發出致命的鼾聲干擾我學習。這是在耍我嗎?!近四十年前的憤怒洶湧地朝我席捲而來。

「對妳嚴格，不是因為討厭妳，等妳進了醫學系，將來繼承家業，前途就會一片光明，然後再招個女婿，繼續壯大我們的事業。」

養父在我升高三那年因為腦中風而死亡，他所經營的皮膚科診所拱手讓給了熟人。

「我真不知道領養妳回來有什麼用！」等我學會對養母的抱怨充耳不聞時，養母把我叫到養父的靈位前對我說。

「以妳現在的成績，絕對進不了醫學系。雖然爸爸的夢想是希望妳能成為一名醫生，但算了，放棄吧。換個角度，妳必須去上名媛大學，儘早找個好女婿，對方必須是個醫生或律師才行。」

結果我上了一所三流女子大學，我對這個家的忍耐已經到了極限。入學後我沒有認真找結婚對象，而是每天努力打工，並在收到錄取通知時，搬出那個家。

「妳忘了我們從小到大養育你們的恩情，打算就此拋下我嗎？」

我並不是自願被你們養大的。無論養母說什麼，我都不曾退縮。

風不知不覺間停了下來，草木恢復平靜，走廊另一端傳來的轟鳴聲不斷逼近。俊在我的腳邊睡得香甜，電毯應該很舒服吧，看牠睡成四腳朝天，翻著肚子，臉上還掛著微笑。狗耳朵的靈敏度高出人類耳朵三倍，距離幾公里外的高頻率聲音也能聽得一清二楚，但為何聽見這種要人命的噪音，牠卻絲毫不覺得有生命危險呢？

齁齁、嘎喔——齁齁、嘎喔——

求求妳快停下來。我朝著走廊另一頭、三樹子房間的方向傳送我的請求。我坐了起來，離開睡袋。好冷。我拿起疊在枕頭旁的搖粒絨外套，套在運動衫外面，接著把手機放進口袋，再把睡袋對摺好後，離開房間走下樓。

客廳的門縫透出幾絲光線，一定是步美先行下樓避難了。

「咦？里子小姐妳也睡不著？」

我不禁懷疑自己的眼睛，盤腿坐在餐椅上的人居然是三樹子。我趕緊合上因驚訝而張開的嘴巴。

「啊、嗯……那個，對，我也睡不著。」

我移開視線，不看身旁一邊把雙手放在石油暖爐旁取暖，一邊笑得不亦樂乎的三樹子。暖爐上不知為何正在烤著蜜柑。

「里子小姐，妳真的很好懂耶，妳一定覺得是我在打呼，然後以為在這裡的人是步美吧……妳全寫在臉上了。」

「我才沒有這麼想。」

我覺得自己掩飾得還不錯，可是三樹子卻瞇著眼睛對我笑。

「妳雖然嘴上不承認，但眼神卻飄忽不定，眼睛太大的話，這種時候最吃虧了。對了，機會難得，我們喝一杯吧。」

她指了指桌上裝著紅色液體的水壺。

「熱紅酒。我剛做好，還熱熱的喔。別老站在那裡，過來這邊坐。」

三樹子用下巴指指她對面的座位。於是我坐下來，三樹子則走向廚房。這種時候，這個女人的手腳特別快。

「里子小姐，妳的酒量應該不錯吧。看妳的臉就知道。」

她將熱紅酒倒入剛拿過來的灰色杯中後，將杯子遞向我。

「下酒菜就吃這個吧。」

放在暖爐上烤的蜜柑，焦痕越來越明顯。三樹子舉起芥末色杯子。

「嗯，總之我們先乾杯吧！」

我不討厭喝酒，不過大多時候，我會買酒回來，然後躲在房間裡小酌一杯，當成睡前酒。喝酒的話，我還是習慣自己喝；但現在就先舉個杯吧。

「好好喝！」

我不禁驚呼出聲。紅酒的刺鼻味消失了，變成柔和且醇厚的口感。

「對吧對吧。香良第一次做給我喝的時候，我也覺得『呃？又熱又甜的紅酒？』，結果試喝之後才發現，超級好喝的！香良的食譜裡放了各種香料，我的作法就很隨意。放了肉桂、蜂蜜、丁香……還有什麼啊？我就是把看到的東西全都丟進鍋子裡加熱而已。」

「這個感覺會上癮呢。」

我一直以為熱紅酒只是那些不懂品酒、搞不清楚狀況的女人才會喝的飲品。不過……

這淡淡的甜味和溫暖感，滲進了我那千瘡百孔的心靈。

「我做了很多，妳可以多喝一點。我和香良常常會在深夜喝酒，所以在這個家裡，便宜紅酒是常備品。妳睡不著的時候，可以自己煮來喝，瓦斯和微波爐都可以使用。」

「啊，好，我會的。」

「妳雖然這麼說，但其實妳不好意思打開冰箱對吧。」

經她一說我才發現，自從來到這個家，我沒開過冰箱，連進廚房的次數都屈指可數。

「這個嘛，我不是不好意思，只是這個季節，我比較不吃也不喝生冷的東西。」

「妳看看妳看看，真是見外啊，放在共用空間的東西，就是大家共享的，把這裡當自己家就好了。」

三樹子開懷大笑著。

自己的家……即使聽她這麼說，我也沒有什麼實際的感受。木造公寓、單身宿舍、公寓套房……無論物品多寡、空間寬不寬敞，我一律抱著只是暫住的心態，不停地搬家。

「哦，感覺烤得差不多囉。」

三樹子單膝跪地，用夾子翻動蜜柑。她穿著鬆垮垮的絨毛運動衫，腳上則是套著布滿毛球的深藍色厚襪子。平日裡，她不僅宣稱「我家咖啡館就是我臨終的住處了」，連放鬆的程度也令人吃驚。不知道自己會不會哪天也開始穿成這樣，在夜裡點著暖爐，一個人小酌呢？

二樓的鼾聲在這裡也聽得一清二楚，聽起來就像剛加入管樂社三天的社員練習吹奏法國號的聲音。

「這個房子太老舊了，所以聲音特別響。」

三樹子望著天花板說。

「真的咧，反差有夠大的。沒想到那個大美女竟然會這樣。」

說完我才意識到，這種說話方式太隨便了，但三樹子完全不在意。

「沒錯沒錯！那個外表看起來人畜無害的步美，打起鼾來活脫脫像個大叔，超意外的。不過，像她這樣長得又美、身材也好，個性還親切的人，實在過於完美了吧，像這樣來點另類交響樂，反倒比較像正常人。」

三樹子相當喜歡步美，即使打鼾，也不會影響三樹子對她★★★★☆的評價。不過，萬一打鼾的人是我，她是否能如此平靜地接受呢？我想應該不行……

「妳說得對。雖然我受不了鼾聲，但對事不對人。」

我雙手放在暖爐旁取暖，隨口說了些違心之言。

「哇哦——小里里，妳真是說了句好話呢。」

三樹子雙眼迷濛地看著我，白淨的脖子已經變得紅通通。

「對了，小里里妳知道嗎？聽說步美過幾天要去香良叔叔的店面參加面試呢。」

「叔叔？啊，在材木座經營烘焙所的那一位嗎？」

「對，就是他，他偶爾會送咖啡豆過來。」

「他來過這裡嗎？」

「妳沒見過嗎？啊，對喔，上次他是早上過來的，妳剛好帶俊去散步了吧。他和香良的爸爸相差很多歲，現在應該六十幾歲吧？下巴留著鬍子，看起來十分有型，而且還是單身喔。除了烘焙所外，他也有經營咖啡館，所以一直在找人幫忙。」

「妳知道得很清楚耶。」

三樹子在臉前擺了擺手。

「沒有沒有，這些都是隔壁的倉林女士告訴我的。她啊，只要和好男人有關，她的鼻子就會和緝毒犬一樣靈光。叔叔只要過來，她就一定會出現，像平時那樣詢問叔叔的近況。哦，感覺烤好囉。」

三樹子說完，將烤蜜柑移至盤中。

「哦！我等好久了。」

我居然拍起手來，到底是怎麼了？整個人身體輕飄飄的，長年累積在心中的疙瘩彷彿漸漸消失了。

三樹子用夾子尖端在蜜柑背面戳個洞，一邊嚷著好燙、好燙，一邊靈活地剝著蜜柑皮。

「吃吃看，很好吃喔。」

我對著熱騰騰的蜜柑吹了幾口氣後，剝下一瓣送入口中。一入口，我不禁滿足一笑。

「好吃吧，吃起來很像蜜柑罐頭。喝紅酒時很適合吃這個，就是像那個、那個格麗亞，加了很多水果的紅酒……」

「妳是說桑格麗亞酒嗎？」

三樹子豎起大拇指。

「沒錯沒錯！妳把蜜柑放進口中，再喝口熱紅酒，喝起來就像薩格麗亞，美味加倍喔。這就是人家說的『口內調味』嗎？」

我照三樹子所說，將蜜柑放進口中，再喝了一口熱紅酒。

「真的耶，味道真好。不過呢，不是薩格麗亞，是桑格麗亞。」

「啊，我和薩利亞搞混了。」

我們兩個人一起咯咯笑著，此時掛鐘提醒時間已是凌晨二點半。

「噹——這座鐘的聲音真好聽。真不愧是歷史悠久的古董，感覺像除夕夜的鐘聲，可以摒除我們的煩惱。」

三樹子說完又舉起杯子。

深夜中來杯熱紅酒，真的不錯。

「嗯？我們剛剛在聊什麼？對、對，是鼾聲的問題。我剛剛查過資料，引起打鼾的其中一個原因是來自於壓力。妳看啊，步美不是一直在找工作嗎？雖然我不太清楚她怎麼會到我們這裡來，但這麼年輕卻沒有工作。她心裡一定也有自己的焦慮和壓力吧。只要她能在叔叔那邊工作，或許打鼾的情形就會改善了……我是這麼想的啦，反正我們先繼續觀察看看吧。」

什麼叫繼續觀察看看？這種情況，應該盡快去耳鼻喉科就醫，請醫生開立處方籤才正確吧……三樹子維持盤坐姿勢，一張臉朝我靠了過來。她沒有上妝，眉毛很淺，看起來很像能面面具，有點嚇人。

「妳也這麼覺得吧。」

「啊，嗯。」

認真想想，我比三樹子年長許多，但不知為何我卻無法反駁她。

「瞭解。睡眠的世界是治外法權[6]嘛。」

我又裝出一副很懂事的樣子。

「喔！真不愧是應對得體的小里里，這種時候應該乾杯吧。」

嘿！我和她碰了杯，然後像喝啤酒似的大口大口灌著熱紅酒。總覺得這樣的我和平時相差甚遠。

「對了，我可以問妳一件事嗎？」

三樹子剝下一瓣蜜柑放進口中，邊咀嚼邊看著我的臉。

「小里里妳不打算工作嗎？」

「什麼？」

「啊，我沒有批評妳的意思。只是小里里妳還很年輕，我記得妳說過，過去曾在神保町的出版社工作，只是後來辭職了。」

「嗯——我暫時沒有打算找工作呢。」

[6] 本國人在他國不受所在國的法律約束，仍由本國法律支配的權利，稱為「治外法權」。

「哦——就是現在流行的FIRE運動嗎？」

「FIRE運動？啊，妳是指財務獨立提早退休，運用資產來生活那個嗎？我沒有那麼新潮啦，因為一些狀況，我前半段的人生，有些努力過頭了。我這輩子都是大人的傀儡，從來沒有自己的意志。所以我很嚮往自己可以做所有決定的人生。」

熱紅酒太危險了。酒意一旦上來，話也跟著變多了。

「不過，雖然這麼說，想要享受自由生活，就不能靠那些大人金援。我想要盡快地獨立生活，所以大學一畢業，我就搬離了那個家。我每天辛勤工作存錢，決定年過五十歲就辭掉工作，只做自己喜歡的事——」

「啊，我懂！我能體會妳的心情。一直壓抑自己過日子，真的超累的。別看我這樣，過去我也是每天看著我老公的臉色過生活的。」

「什麼？三樹貓也有這種經驗？」

「喂，念起來像三色貓的三樹貓是誰啦？」

她瞇起本就不大的眼睛瞪著我。可是，隱約可見的黑眼球卻滿是笑意。

「妳還不是一樣，我一坐下就叫我小里里、小里里的。」

我忍俊不禁。

「幹嘛啦，笑成那樣。我說小里里啊，妳其實很愛笑對不對？」

「啊——我也不知道。我不跟別人單獨喝酒，沒什麼概念。」

不知道為什麼我一直笑咪咪的。

「我聽妳的說話方式，小里里妳是關西人啊？」

「誰知道咧，可能是，也可能不是咧。」

「搞不懂妳，不過就這樣吧。欸，我剛剛想跟妳說什麼來著？」

三樹子用手撓撓自己的頭，歪著脖子說。她又剝了一瓣蜜柑放進嘴裡，「我想起來了。」她確定地點點頭。

「是離婚之前的事。住福井時，我常常獨自在半夜喝啤酒，可是一點也不好喝。那時候我身上背負著太多事情，但現在我已切斷一切，無事一身輕了，然後就變成了現在這樣。這幢時髦的洋樓住起來很舒服，酒越喝越有滋味。就我而言，離婚後我拿到的錢，大概跟一個低薪上班族的退休金差不多，這麼點錢，我心裡還是覺得不踏實。所以我打算做點事，想辦法使我家咖啡館的生意興隆起來。然後啊，我剛剛看見一個評論，妳看看，這寫得是不是很過分？」

三樹子打開手機，瞇著細細的眼睛讀起了評論。

「『隱藏在閑靜住宅區的咖啡館。外觀看起來像龍貓的家，露台席的氣氛也不錯。但是餐點只提供咖啡和點心，選擇太少，因為這樣才生意不好吧。如果善用ＩＧ或許能招攬一些客人。不對，應該沒什麼用，因為店長實在太沉悶了。』這人誰啊？什麼『報報女子美食家』？才不想聽妳說這些鬼話！」

「對呢，應該多增加一些好評論才行咧。」

沒辦法，該是知名評論家素豚狂子出場的時刻了。我這幾天就來寫一篇精緻的評論，只要我給出少見的★★★★☆，來客數一定也會翻倍。

「哎，經營這種咖啡館也挺累人的，我好羨慕妳都不用工作。不過，妳就別太辛苦，不用操心，好好享受每一天吧。來，喝啦喝啦。」

三樹子拿起熱紅酒，注入馬克杯。用力過猛之下，紅色的液體飛沫噴得滿桌都是，若是一個月前的我絕對無法忍受，現在的我卻覺得她這種大剌剌的感覺很舒服。

「三樹貓妳這個髒鬼，把紅酒噴得到處都是。」

「妳少來，妳明明超喜歡我的。然後啊，我有一件事一直想問妳，之前我們倆個吵了一架嘛，後來我去參拜了錢洗弁財天。結果回程的路上，在附近的咖啡館裡遇見了一個跟妳長得很像的人喔，當時我真的以為那是妳的昏身耶。」

「什麼?!」

「真的跟妳長得一模一樣喔。」

可惡。那傢伙出現了啊。

「我跟妳說，那是分身，不是昏身。不過，原來妳看見我的生靈了。」

輕飄飄的感覺越來越強，而且感覺好熱，但我還是繼續伸手在暖爐前取暖。

「這個嘛，其實呢——」

說完這句話，我一口氣飲盡杯中剩餘的熱紅酒。

＊＊＊

行走在薄靄之中，有人輕輕地碰了我的背後。我回頭一看，身後沒有人。我繼續往前走，又感覺被戳了好幾下，背上的觸感比手指有彈性許多，還有種熟悉的感覺。

「嗚嗚。」

一睜開眼睛就看見俊的臉，牠一直盯著我看。我瞬間坐起身。睡袋拉鍊不知道什麼時候打開了，整件睡袋滑落至我的肩膀下。

06:43

原本放在紙箱層架上的數位時鐘卻出現在我腦袋旁邊，窗外的山雀驕傲地高歌著。

「抱歉，你一定很渴吧。」

我替身邊的俊備好食物及水，自己則喝了口寶特瓶裡的水。

昨晚，應該說一直到幾小時前，我和三樹子一起在樓下喝酒。水壺裡的熱紅酒喝完之後，我們又開了冰箱裡的紅酒來喝。之後的記憶開始有點模糊，斷斷續續的。我看了看架子上的鏡子，鏡子裡反射出一個頂著浮腫雙眼的女人，後面的頭髮翹得亂七八糟。

一眨眼就吃完早餐的俊，前腳朝門的方向伸直，屁股翹得高高的。

「好，我知道你想散步，再等我兩分鐘。」

我用手梳理頭髮並換好衣服，戴上針織帽、穿上羽絨外套，拿起裝有散步必需品的手提包。

「好了，我們走吧。」

我悄悄地下樓，盡量不發出聲音。我打開客廳的門，裡面沒有人。香良會為早起的房客點亮燈光並啟動暖氣。

在木製百葉窗拉起的落地窗前，俊逐一伸展著後腿，完成熱身。我在牠脖子上套上牽繩。

吱嗶、吱嗶、吱嗶。

一打開窗，白頰山雀也隨著山雀一起高歌，聽著鳥兒的合唱聲，我走出了我家咖啡館。吐出的氣息變得白霧朦朧。走了一段小路後向左轉，便來到壽福寺後山。俊一發現電線桿便快步前往，在上面灑了泡尿。我在牠剛剛小便的地方沖水後，將寶特瓶收進手提袋中。俊再度往前走。兩年前剛領養牠的時候，牠還不太會在室內上廁所，消臭劑更是片刻不離身；不知不覺間，我和俊已經可以步調一致地一起出來散步了。

邁入四十歲大關前，曾有人向我求婚，可是我沒有答應。我連人家的女兒都當不好，怎麼可能扮演好妻子和母親的角色。由於沒有自信能和其他人組成家庭，所以我一直認為一個人過生活也無所謂。可是，當過了五十歲後，莫名的寂寞感湧上心頭。我並不是想找個伴來共度一生，我想要一個不用語言也可以相互理解的夥伴；像我這樣的人，也想嚐嚐被需要的感覺。那時，剛好在認養的網站上發現了俊。

「勝男（KATSUO）兩歲，有點怕生，但其實很活潑。」

網站上的簡介是這麼寫的。從廢棄的繁殖場中救出來的勝男，上揚的眼睛裡彷彿在訴說些什麼，背上的毛少了一大半，我自己十幾歲時，也曾得過圓禿症。我想，我和這隻狗應該可以心意相通。

細竹微微地搖晃著，再稍微往前走就可以看見墓地。沿著岔路前行，我們遇到一個標示著「源氏山」的箭頭。

我鬆開牽繩，俊立刻爬上群木環繞的階梯。

「你不要跑太遠喔。」

夥伴往上爬了三四階後停下腳步，回頭看著我。我加快速度，爬著昏暗的階梯。當我以為要追到俊時，牠又往上爬，一樣停在離我幾階遠的地方。這樣一前一後的過程，重複好幾次。走到一半，階梯沒了台階，並且和左邊延伸過來的土道兩相匯合。我每跨出一步，就會發出落葉碎裂的聲音，走著走著又碰到長滿苔蘚和蕨類的岩石縫。年過五十的我不禁有些躊躇，但俊立刻輕快地攀登上去，腳步毫不遲疑。

「等等，別拋下我。」

我小心確認著腳步位置，慢慢地跟著向上爬，終於穿過了岩石縫隙，接下來就是平緩的斜坡。我小心地避開途中隨處可見的裸露樹根，一步一步往前走。

還差一點點……

緊接而來的是，我的視野變得十分開闊。我仰望著以巨大樹木建造而成的拱門，在晨光照耀之下，橘紅漸層閃閃發亮。

噠噠噠

噠噠噠

黃尾鴝發出如打火石般的聲音。在中央的源賴朝雕像四周，紅葉伸展著枝葉，恣意生長。我抬頭仰望著被稱為鎌倉幕府之祖、從朝廷手中奪取實權並確立武家政治的男性。明明他已經擁有許多東西，眼神卻是如此空洞。他的臉上浮現的表情，既不是放棄，也不是覺悟，只能說是「空無」。雖然拿聞名天下的賴朝和一介鄉下人相比有些狂妄，不過我的親生父親也經常露出這種表情。

由於俊突然有點坐立不安，所以我們移動到廣場的角落，一停下來，俊就轉向東邊找上廁所的地方，這是牠的習慣，樹下的如廁時光。完成上午的例行工作後，牠滿足地搖著尾巴。

「我們休息一下吧。」

我坐在廣場旁的長椅上，欣賞著樹木間絢麗的競演。在大橡樹下，松鼠撿起落葉，大口啃咬著。

噠噠噠

噠噠噠

白頰山雀的叫聲響徹整座廣場。

一股懷念的感覺湧上心頭。

過去在故鄉爬過的那座山，和眼前看到的景色兩相重疊。故鄉的山是織田信長為了攻打淺井長政時建造城砦的地方——虎御前山。我念幼兒園的時候，遠足時大家一起去爬山、撿落葉。本該同行的妹妹，卻在啟程前發燒，所以在家休息。從事保險經紀人工作的母親，平時鮮少參加我們學校的活動，那天難得陪我一起去。

「有好多好多漂亮的樹葉喔。」

「是啊，組成很漂亮的地毯對吧。」

母親每天都很疲憊，即便我和妹妹會爭著和她說話，「我在忙」她卻總是不搭理我們，但那天不一樣。

當時我們在一棵大楓樹下方，

「妳把手拱起來當成盤子。」

我將雙手合併做成盤子的形狀，媽媽將她收集到的五片落葉放在我手上。

「哇！好漂亮喔！」

「這些全部都是楓葉，就算是同一棵樹掉下來的葉子，顏色也各有不同。」

「為什麼啊？」

「雖然外表看起來很像，但每一片葉子都有自己的特性，樹葉連在樹木上的時候是動不了的，只能一直留在生長的地方，如果有照射到許多陽光的樹葉，那麼也會有受風雨吹打的樹葉。認真想想，葉子還會被鳥兒啃咬、被蟲蛀食，大家都是這樣慢慢演變成自己的顏色，妳想變成什麼樣的顏色呢？」

「我想變得像中指底下的這片葉子。」

我用下巴指指右手那片和母親毛衣顏色同為赤紅色的葉子。

微風吹拂著我的臉頰，銀杏的葉子吹到了我的腳邊，金黃色的葉子上沒有任何斑點，這正是它直到離開大樹那一天，一直健康成長的象徵。我撿起葉子，捏著它轉圈圈。

之後沒過多久，我變成母親妹妹的養女，經常從東京來玩的富有姨母夫婦，曾說過希望我繼承他們的家業，那是在石油危機影響下，父親工作的纖維公司破產後不久的事。

「妳阿姨家很有錢，我們家完全比不上，等妳去東京後，可以過比現在更好的生活，他們會很疼妳的，妳要當個乖孩子喔。」

母親站在姨母送我的高級廚房玩具前說服我。當時我年紀太小，不知道什麼是養女，我以為只是和他們住一段時間就可以回家，所以不當一回事，「嗯」了一聲回應母親。

「從今天開始，妳必須稱呼我為媽媽，絕對不可以使用方言，妳就是在青山出生的，好好記住這些，留在這裡生活吧。」

來到東京，聽見姨母這麼說時，我頓時明白，雙親已經捨棄我了。超大電視、柔軟的床鋪、搖椅，和自己一樣高的玩偶，收不進玩具箱的大量益智玩具。青山的家什麼都有，可是沒有一樣可以填滿我內心的空缺。我不清楚自己成為養女，和窮困的原生家庭之間有沒有什麼因果關係。養母只要一發生什麼事，就會不悅地對我說。

「我可不是白白領養妳的，妳必須努力達成我們的期望，否則，我就會丟掉妳這個沒用的東西。」

如果我是片葉子，離開樹木時，我會是什麼顏色呢？

我想一定是枯萎的顏色吧，和我小時候常夢見的赤紅色樹葉相差甚遠，而且還是片千瘡百孔的樹葉，滿身都是蟲蛀痕跡與傷痕。在剛冒嫩芽之時便被摘下，硬生生接到別的樹上去，成為豪宅裡的小盆栽，在養分不足的土壤中，無法安心地生根茁壯，最終長成性格扭曲的大人。

我從椅子上站起來，球鞋上沾著乾燥的葉子，有夠礙事的。我甩掉葉子，如同我揮別過去。

「差不多該回去囉。」

我出聲叫喚正在紅葉堆裡玩耍的俊。

＊　＊　＊

山雀和白頰山雀的合唱還在繼續，早晨的風透過微微開啟的格子窗吹了進來，既清涼又舒服。

與俊的散步結束後回到房間，我拿睡袋充當枕頭，躺在上面滑手機。

「在露台上聆聽著江之電的聲音，悠閒的午茶時光。可攜帶寵物◎、民藝藝術品擺設◎、特調風味茶也是◎。不過價格卻不太親民，一杯要價一千五百圓是怎麼回事？說得好聽點是古民家，其實不過是屋齡六十年的老舊房屋，店長應該更謙虛應對比較好。」

★★☆☆☆。上週散步回程時去的古民宅咖啡的評論完成。

自從我以素豚狂子為名在網路上撰寫評論，已經快六年了。起初我只是在去過豬排餐廳後，寫下感想當成美食日記。以前我一直是接受評論的一方，想到可以毫無顧忌地寫出感想，就讓我很開心。在職場上可有可無的樸素中年婦女，卻在網路上成為犀利的評論家。雖然我不知道是哪裡吸引人，但素豚狂子突然在網路上小有名氣，加入了知名評論家的行列。連包打聽倉林女士都不知道，我就是那個以毒舌評論聞名的網路紅人，一想到此，我就不禁嘴角上揚。

時間差不多了吧。我看了眼時鐘，恰好比預定時間提早了一分鐘。

「起來吧。」

我腹部用力撐起身體，起身離開了房間，俊也跟在我身後。我一下樓推開門，牆上的掛鐘正好響起了八點的鐘聲。噹——噹——這就是可以消除煩惱的鐘聲吧？

「大家早安。」

三樹子擺好裝有吐司的盤子後看著我。

「哦，小里里早啊。」

對於一個喝酒喝到天亮的人來說，這笑容相當爽朗。

俊坐在落地窗附近的沙發前面。我家咖啡館的房客人數變多之後，我比較常坐在稍遠的地方看著大家用餐。

我在三樹子對面坐下後，步美也來到餐桌旁。她身上穿著灰色連身裙搭配紅色開襟衫。

「早安，大家都到齊了呢。」

香良端著咖啡走過來。放在我眼前的淺黑色杯子冒著熱氣。

「今天是哥斯大黎加和衣索比亞的混合豆特調咖啡。風味非常豐富，散發出像茉莉花一樣的香氣喔。」

來到我家咖啡館之前，我早上並沒有喝咖啡的習慣，不過每天喝到★★★★☆的咖啡後，現在的我，如果早上不來杯咖啡，我的一天便無法啟動。香良可能也發現這一點，她每天早上都會和我分享當天咖啡豆的知識。

「我開動了。」

我先淺嚐一口。剛入口時覺得有點苦澀，但下一秒如同黑加侖般的酸甜口感便瀰漫於口中。原來咖啡真的是一種果實啊，喝下這杯咖啡，讓我完完全全地意識到這一點。我伸手去拿旁邊的吐司，紅蘿蔔絲上方灑著小茴香，下方則鋪著莫札瑞拉起司，起司融化後流了下來。

「這個紅蘿蔔味道很濃，很好吃喔。」

三樹子對著隔壁的步美說道。

「真的耶，自然散發的甜味很可口。」

我一口吃下自然的滋味。

「聽見妳們誇獎鎌倉的蔬菜，我莫名地覺得高興。」

綁著紅蘿蔔顏色髮圈的香良，滿臉笑意地點點頭。

「不過啊，不要被橘色的紅蘿蔔嚇到唷。」

三樹子迅速地加入話題。

「鎌倉的紅蘿蔔呢，有朱紅色、紫色、黃色，就像紅葉一樣多采多姿呢。對了，步美妳去過『連賣』嗎？」

「妳是說『連賣』？」

步美不太明白。

「鎌倉市農協連即賣所，簡稱『連賣』，是小鎮上的蔬菜市場。吃貨完全無法抗拒的鎌倉蔬菜天堂。每一種蔬菜都充滿了鮮味，會讓人懷疑之前吃的蔬菜到底是什麼，讓人顛覆對蔬菜的印象。」

我咀嚼著吐司，偷偷看了一眼伸出大拇指的三樹子。「鎌倉蔬菜的天堂」、「顛覆對蔬菜的觀念」，這不是照搬素豚狂子的評論嗎？

「我都不知道，原來這附近還有這種市場，不過我有發現在這裡吃到的蔬菜味道，和在其他地方吃到的大不相同。」

步美瞇起眼睛，認真品嚐吐司。

「蔬菜變美味的季節到來是件好事，不過早晚也開始變涼了呢。」

香良用左手扶著杯子說道。

「大家的房間都還好嗎？會不會太冷？」

「我房間完全不冷，房間也有暖氣跟鹵素電暖器，我還有之前用私房錢買的羽絨被，隨時歡迎寒冷大駕光臨。」

三樹子豎起大拇指。話剛說完，窗戶對面的格柵門突然被人打開。

「這個時間會是誰呢？倉林女士？可是現在還很早呢。」

香良看了看背後的掛鐘。

沙沙、沙沙，有兩個踩著落葉的腳步聲朝我們而來。

「大家，近來可好呀。」

倉林女士打開落地窗，探出臉來。

「哎呀，在用餐啊。不好意思，一大早來打擾大家，能不能耽誤大家一些時間？」

一股冷風吹進屋子裡。

「早安啊，今天降溫了呢。請進請進，快進來坐。」

看起來香良已經很習慣隔壁鄰居早上的突襲行為，她不疾不徐地回覆道。

「那我們就恭敬不如從命了。」

倉林女士紅色鏡框後的圓眼睛，把視線移到我身上後，變得更圓了。

我有一種不祥的預感……

「哎呀，妳怎麼了？妳沒進來的話，事情沒辦法繼續說下去啊。」

有人和她一起來，倉林女士招招手請那人靠過來。

「我說啊，一大早真是嚇死我了。我在若宮大路盡頭的十字路口附近——」

頂著短髮鮑伯頭的女性突然探出頭來。她穿著草綠色的針織衫，儘管材質不同，但顏色和剪裁都和我身上這件差不多。「不好意思，突然來拜訪。」

俊朝我走來，躲到餐桌底下。

我感覺到在我右側的步美正看著我。

「啊，妳好。呃，那個……請先進來吧。」

香良的視線在我和女性之間來來回回。

「可以嗎？打擾了——」

妹妹毫不客氣地進了我家咖啡館的門。

「真是無巧不成書啊，昨晚才提到傳說中的妹妹，今天本尊就——」

只有三樹子平靜地看待一切。

「傳說中？」

「咦？小里里妳不記得了嗎？昨晚，應該是今天早上，妳不是說過嗎？妳有一個雙胞胎妹妹。」

「我說的？」

可怕的是，我什麼都不記得了。

「哎呀，我對妳說，我在錢洗弁財天附近的咖啡館看到妳的分身，結果妳說那有可能是妳的雙胞胎妹妹呀。」

我說過這種話嗎？我完全沒有印象。

「哎呀，原來妳見過我啊。是的，我就是她傳說中的妹妹，我叫禮子。」

禮子可能覺得自己成功打入我們，她毫不客氣地走到我身旁，笑嘻嘻地看著我。

「對了，小克，小里里是什麼意思？」

「小克？」

步美和香良同時問道。

「呃，這個嘛……」

該怎麼解釋呢？倉林女士直奔沙發落坐，並開始說起她們相遇的經過。

「我說啊——我真的嚇了一跳。我在連賣附近，看見一個很像里子小姐的人在那裡四處張望。我過去跟她搭話，結果她問我『認不認識住在扇谷的藤村克子』，可是我認識的是住在扇谷的藤村里子啊，真是讓我一頭霧水耶。」

我站起來向倉林女士鞠了一躬。

「不好意思，我把妳搞糊塗了。因為發生了一些事情，我用里子當作我現在的暱稱，或說是偏名，而戶籍上登記的名字是克子。」

禮子又搖頭又嘆氣。

「真是難以置信。不好意思啊，沒想到家姊居然使用假名。」

倉林女士在臉前擺擺手。

「啊，我不在意的，只是有點搞不清楚狀況，還有就是有點……」

她舉起菜籃，皺皺鼻子。

「一大早去連賣買東西，覺得有點累而已。對了對了。我家嫂子啊，本來叫做道子，但因為算命師告訴她，『這名字的筆畫不好，妳可能活不過五十歲』，所以她一直使用三保子這個偏名。結果現在七十五歲了，身體還是很硬朗。而且她本來的個性不太好，但換了三保子這個名字後——」

倉林女士開始為我們解釋她聽來的姓名學知識。

「哦，原來是這樣啊。」

「我也去請人算算看好了。」

步美和三樹子做出比平時更誇張的反應，徹底扮演好聽眾的角色。

我斜眼瞪著妹妹。

「怎麼回事？為什麼突然跑來找我？」

我壓低音量，用手肘戳她。

「妳才怎麼回事吧？」

她也用手肘戳我。

「站著說話太辛苦了，要不要到二樓的和室坐著慢慢聊呢？」

香良的垂眼在我們兩個人間移動。

「可以嗎？非常謝謝妳呀。這個房子真的好漂亮喔。這是我第一次參觀洋樓呢！好期待看看二樓的樣子——」

禮子失禮地在房子裡繞來繞去，

我的胸口有一股不快感揮之不去。那傢伙總是這樣，不管身處什麼環境都能發出無憂無慮的笑容……

「這個時間過來找我，妳到底想幹嘛？」

糟了，我太大聲了。

「對不起啊，我也覺得很不好意思。可是，不管我怎麼看都覺得她就是里子小姐，雖然時間還很早，我還是帶她過來了。」

我向倉林女士道歉，打斷她解釋。

「啊，我沒有那個意思。抱歉，總之我們先借用一下二樓的空間。」

我今天還得道多少次歉才行呢。一轉頭，那雙和我如出一轍的眼睛正看著我笑。

笑什麼笑！

「趕快上樓吧。」

俊也跟在禮子身後一起上樓。

＊＊＊

我們默默地爬著樓梯，禮子跟在我身後，每踩一步，地板就咯吱作響。我在短走廊盡頭左轉，拉開隔門。「哇喔，太美了吧。」我忽視旁邊那個不符合年齡的驚呼聲，鑽進放在和室正中央的暖桌並打開電源。禮子也朝我跑過來，鑽進我對面的位置，拉起幾何圖案的暖桌蓋被蓋到脖子處。

「不要把蓋被拉那麼高，風會灌進來啦。」

禮子氣嘟嘟地將暖桌蓋被還原。臉上浮現如拇指般大小的皺紋，我的視線往她的法令紋看去。表面看起來黝黑的頭髮，在灑進屋子的日光照射下，也能看見白色的髮根。身為同卵雙胞胎最討厭的地方在於，妳會眼睜睜看見自己的老態。

「奇怪，那隻狗為什麼不過來這裡？」

俊站在隔門前一動也不動。

「牠叫俊，不敢過來是因為對妳有戒心。」

「什麼嘛，一點也不可愛。」

「不可愛也沒關係，對我來說，牠是重要的夥伴。」

「什麼時候開始養的？」

「兩年前。我在里親[7]認養網上看到牠的資料。」

禮子認同地點點頭。

「哦——怪不得妳自稱為里子。可是，為什麼要改名呢？爸媽明明替妳取了克子這麼好的名字。」

「那算什麼爸媽。他們兩個根本沒有盡到作父母的義務。」

禮子懂什麼？她一直和父母共同生活，直到她出嫁。

「話又說回來——」

又來了。每次氣氛變得尷尬，她就會像這樣轉移話題。

「這裡風景真不錯啊，真好，二樓有個這麼大的窗戶呢，這是叫格子窗嗎？和鋁門窗看起來就是不一樣。透過精心保養的木框所看出去的風景，別有一番風味呢。」

她邊說邊指著透過緣廊窗戶看見的數棵樹木。

「那棵紅色的是楓樹，還有吉野櫻，那棵是大花山茱萸吧，那個呢？那是什麼樹啊？」

禮子食指指著黃金色的圓葉子，隨風搖曳著。

「那是山毛櫸啦，我再訂正一下，那不是楓樹是衛矛；不是大花山茱萸是金縷梅。拜託妳多讀點書吧。」

「原來是這樣，小克妳一直很懂樹木的名稱呢，我們明明是雙胞胎，為什麼妳卻比較博學多聞呢？」

禮子笑著說。

「哪有為什麼？就是妳比較怠惰而已啊。回到正題，妳到底為什麼來這裡？是來賞楓的嗎？」

「小克，幹嘛講話這麼刻薄啊？我當然是來見妳的啊。」

「再說，妳是什麼時候回國的啊？」禮子因為丈夫工作的關係長期住在深圳。

「半年前。回來之後就一直在找妳，妳未免太過分了吧，一直音訊全無，打電話或LINE語音也都拒接，到底為什麼要這樣？」

「誰管妳啊。」

我故意冷言冷語，像這樣分身就在眼前，我總覺得心浮氣躁，無法冷靜。我皺起眉

❼「里親（さとおや）」指的是收養孩子或動物的人，尤其是指那些收養被遺棄或無家可歸的動物的家庭。在日語中，這個詞語有時用來形容那些接納和照顧需要幫助的動物或孩子的人。

頭，喚醒沉睡在我身體深處的憤怒。如果這麼輕易放過她的話，又要被她瞧不起了。

三年前的夏天，我和禮子最後一次取得聯繫，那時養母才剛剛離世。

雖然自從我搬離家後，和養母就鮮少見面，不過我還是依舊遵照她的遺願為她舉辦盛大的喪禮。那些來參加葬禮的養母朋友們，個個對我盛讚不已。「她可真是得了個好孩子，舉辦了這麼盛大的葬禮。」「我死的時候，我家的孩子才不會這麼做呢，小克真的很懂事，完全看不出來是得來的孩子呢。」聽這些口無遮攔的人說話，讓我怒火中燒。「好過分喔，把人當成物品看待！」我本來希望從禮子口中聽到這種話來獲得安慰，然而螢幕那頭的禮子卻滿臉笑容。

「哎呀，這沒什麼好生氣的啊。得來的孩子有什麼不好的？妳是不是離開太久都忘了，在滋賀『得來的』是好詞啊，代表『天賜的恩惠』唷。」

「啥？我得每句話都翻譯成近江方言才行嗎？妳怎麼可能懂我的感受？」

「搞什麼，我明明就在安慰妳！」

「安慰我？妳以為妳多了不起！」

「自以為了不起的是妳吧！明明是妳在炫耀，自己小時候有多辛苦，還得到了一輩子不用工作也花不完的錢。」

「誰炫耀了？我分明是說即使給我再多錢，我也不想做這些事好嗎！」

「真是受不了耶，小克妳為什麼老是動不動就生氣？用這種傷人的方式說話，妳開心嗎？妳就是這樣才會被爸媽送給別人當養子。連我也開始覺得妳很煩了。」

「很煩就很煩！妳現在就是一副討人厭的嘴臉。」

「是嗎？那妳的嘴臉就是我的雙倍，加倍討人厭，妳這個醜八怪！」

同卵雙胞胎一吵起架就不知道什麼時候能停。因為吵架的對象就是自己，所以十分清楚該針對哪裡攻擊；當知道自己面臨頹勢時，就會用尖銳的言詞反擊。那一天，我們徹底傷害了彼此，我心裡想著，接下來五年我都不想見到她。我封鎖她的Skype，還封鎖了她的電話。

「說起來，妳是怎麼查到我的住處？該不會是請妳先生駭到的吧？」

禮子的丈夫是程式設計師。

「啥？妳說什麼鬼話？我哪有去調查，明明是妳自己聯絡我的。」

「啥？誰聯絡妳的？」

「就是妳本人啊！」

「什麼時候？」

禮子揚起嘴角，哼了一聲。

「小克妳的酒品實在有夠糟的。」

她從口袋中取出手機，顯示出語音留言的畫面。

「半夜兩點用隱藏號碼打電話給我的醉女人，就是妳吧。」

她按下擴音，把手機放在暖桌上。

「小禮嗎？我是小克啦！喔伊——好久不見咧，我搬到鐮倉來了哦，一個叫做扇谷的地方。現在住的房子，超級棒的喔。是大正時代建造的復古洋樓，很像龍貓的家耶。等妳回日本的時候，記得來找我玩啊！」

我好想拿暖桌蓋被蓋住全身。這麼高漲的情緒，口齒還不清晰，到底是怎麼一回事……

「還有這個。」

禮子抿嘴一笑。

「換日啦，現在是十月二十九日。耶！小克、小禮，生日快樂啊！Happy birthday to you，Happy birthday to me，Happy——」

「好了好了，別放了。」

我伸手過去想拿手機，可是晚了一步。禮子迅速拿起手機，又播了一次生日快樂歌，那歌聲簡直和技安的歌聲一樣慘不忍睹。

「快點停下來！」

我的頭撞上暖桌的桌面。禮子終於停止播放。

「小克妳還是一樣五音不全。這種唱法跟爸爸一模一樣，明明唱著英文，聽起來卻像平假名。」

她咯咯笑著。

「妳唱歌才像歐巴桑好嗎。」

「沒錯，可是即使我喝得再醉，我也不會在外人面前唱歌。」

「可是，妳又不是外人。」

「對啊，我們兩個又不是外人，我們可是一心同體呢。」

完了。

禮子又露出笑容。

「妳那是什麼勝利的表情？妳故意引我說出這句話的吧。」

「對啊，只要能與妳和好如初，要我做幾次都行。」

禮子在暖桌中用她的腳貼著我的。大小一模一樣的腳。懷念的溫度傳至我的身體。

「小克妳還是跟以前一樣，體溫這麼高。」

「妳才是吧。」

「我們以前常常這麼玩呢。」

她的腳底用力地推過來。

「對啊，天氣冷的時候常常玩。」

我用同樣的力道反推回去。

禮子摸著亮綠色搭配白色幾何圖案的暖桌蓋被說。

「我們家的暖桌，才沒有這麼時髦呢。不過，和妳一起待在暖桌裡，真是獨一無二的溫暖。」

我們家裡的暖桌用的是便宜的暖桌蓋被，上面還套著祖母用壓克力毛線編織成的保護套，旁邊放著石油暖爐，我們常常在上面烤番薯。

成為養女後，我一年只能回家一次，當時沒有行動電話，一個月也只能用一次家用電話打給家人。即使寫信，養母也會事先檢閱過信件內容。每逢過年回家，我們兩個總是直接鑽進暖桌裡，一聊就是好幾個小時。

「妳記得嗎？已經過世的奶奶，老是在暖桌裡藏一大堆烤地瓜，媽媽每次看到眼睛都變成△了。」

禮子笑著用手指把眼睛往上提。

「記得記得，明明在旁邊的暖爐加熱就好，但奶奶卻要放進暖桌裡，真是講不聽。」

「結果奶奶忘記自己已經放過了，又繼續往裡放。」
「還有就是……」
「那個對吧。」
看見禮子點頭，我們異口同聲地說。
「暖桌的編織花紋！」
毛線編織而成的保護套，針目裡經常會掛著奶奶的白髮或是乾掉的橘子皮和地瓜皮。現在的我一定受不了。但那時候不同，我和禮子會一起玩把針目裡的垃圾抽出來，放在暖桌上排列的遊戲。「奶奶妳好髒喔！」「因為我髒，妳才會這麼愛乾淨啊。」即使向她抱怨，她也會當成耳邊風，我最喜歡這樣的奶奶了。
「小克，我呢……」
「怎麼了？」
「我離婚了。」
「又離了？我就知道一定會這樣。」
這是禮子第三次離婚，感覺她把我的男人運全都吸走了，經常邂逅、經常戀愛，然後閃婚又閃離。
「嗯。現在我住在橫濱，離婚不管離幾次，依然會覺得沮喪啊。不過，妳搬去東京時，帶給我的痛苦比離婚大多了，感覺好像有人帶走了我一半的身體。最終，那些男人不過是我用來填補空洞的工具罷了。或許對方也察覺到我這種想法吧，一旦察覺之後，兩個人相處就越來越有隔閡。不過這也是沒辦法的事。」

在暖桌中和我緊貼的腳，輕輕地壓了我一下。

「不知道我是否能找到像俊一樣的夥伴？離婚後成了孤家寡人，我就一直很想再見到妳。」

「俊是我不可或缺的夥伴，但妳不一樣，妳是——」

一階一階，上樓梯的聲音朝我們而來。

「打擾一下。」

隔扇對面有人輕聲說著話。「汪！」俊回答之後，「請進。」我接著說道。

「不好意思，打擾妳們談話。」

香良送來咖啡。

「這是巴西和薩爾瓦多的混合豆特調咖啡。苦味和甜味的平衡度很好，請享用。」

禮子湊近放在暖桌上的杯子。

「哇，謝謝妳。好香的咖啡。」

「那個，我在想今天的午餐要煮咖哩飯，如果不嫌棄的話，禮子小姐要不要一同用餐呢？」

「嗯？可以嗎？」

妹妹以和俊搖尾巴時同樣的眼神看著香良。

「真的可以嗎？連我這個笨妹妹的份也得麻煩妳。」

香良笑著點點頭。

「當然可以。有沒有什麼要求？」

「豬排咖哩飯！」

我們兩個不約而同地說道。

「好的，沒有問題。」

香良笑呵呵地離開房間。

「她就是屋主嗎？感覺是個好人呢。」

「嗯，託她的福，我在這裡住得很舒適。」

我喝了一口香良沖泡的咖啡。淡淡的苦味深處，一絲甜味緩緩地釋放出來。

「呼，好好喝啊。」

率先品嚐咖啡的禮子仰頭向上，閉上眼睛。

「由苦轉甜，多變的層次感，可以完美品嚐到咖啡深度的特調咖啡。實屬美味……素豚狂子應該會這麼評論吧。」

「妳知道是我？」

她促狹地看著我。

「我可是頭號粉絲呢。」

禮子笑著又喝了一口咖啡。

＊＊＊

打開客廳的門，俊就自動往沙發前方走去。

「哦！妳們來了。」

坐在凸窗前的三樹子朝我們揮手，她身旁的步美也對我們微笑。

我們在兩人對面的位置坐定後，香良端著裝有咖哩的托盤走過來。

「哇！好大塊的豬排。」

步美愉悅地看著藍色餐盤。

眼前這盤咖哩徹底吸引了我的目光。簡單的醬汁中融入蔬菜的味道，提升豬排的香氣，直接撲鼻而來。

「哇，這香味真是令人無法抗拒。」

我不禁讚嘆。

「炸豬排和咖哩都是我的最愛，可以吃到炸豬排咖哩飯，真的太奢侈了。」

「沒錯沒錯！我們趕快開動吧。」

步美說完，三樹子表示贊同地點點頭。「我開動囉！」說完她叉起最大塊的炸豬排送入口中。

「太好吃了，這真的是不同次元等級的美味。」

看著豎起大拇指的三樹子，我將最右邊油脂最多的一塊豬排，埋進咖哩之海的深處，這塊等最後我再好好享受。我從右邊第二塊開始下手。我咬開炸得酥酥脆脆的麵衣，豬肉的鮮甜味隨即滿溢出來，接著我用湯匙舀起咖哩醬嚐了一口，相當美味。鐮倉蔬菜的甘甜和香料的香味合而為一，產生共鳴。

坐我旁邊的禮子，一樣從右邊第二塊開始吃，突然呼了口氣。

「哇哦——這簡直是人間難得的美味！」

「能得到妳的誇獎，我也很高興。」

香良靦腆地笑了。

「香良的廚藝確實很好。像炸豬排咖哩飯這種東西，絕對吃別人做的最好吃。」

三樹子邊說邊將醬汁淋在豬排上。

「好像是這樣喔。因為炸豬排同時還要煮咖哩，其實挺費工的，我想香良姊的用心和體貼也都化為香料一起融在咖哩之中了。」

步美說完，用湯匙舀起白飯、咖哩醬、豬排，以三合一的狀態送進嘴裡。

「對了，說到融入，禮子小姐妳真的完全融入我家咖啡館的餐桌氣氛耶。」

聽見三樹子說的話，妹妹抬起頭。

「老實說，我也覺得自己比我姊還早住在這裡。」

「妳夠了喔。」

我用手肘撞她。

「不好意思，她就是這樣，老是沒輕沒重。」

三樹子搖搖頭。

「沒輕沒重才好啊，我很喜歡看妳們兩個人相處時的樣子，禮子小姐，以後有空就過來玩啊。我說啊，妳們兩個長得真的很像，啊，臉長得像那是自然，怎麼說好呢？應該說整體的氛圍很像。」

「我和禮子嗎？」

「我和小克嗎？」

我與禮子面面相覷。

「嗯嗯。」

香良和三樹子一起點著頭。

「看似完全相反，但內心根本的部分極為相似。嗯，如果用硬幣來比喻的話，感覺就像五十圓硬幣的正反面那樣。」

「對對，就是正反面的感覺，可是香良，為什麼說是五十圓硬幣呢？」

我和禮子，誰是正面，誰是反面呢？我想禮子現在應該和我想著同一件事。

「嗯，我也說不上來。我很喜歡五十圓硬幣的圖案，正反面幾乎一模一樣，可能就是因為這樣吧。」

五十圓硬幣……我們兩個人都像硬幣一樣中間有個洞，這點倒是挺相似的。

「嗯——真不愧是香良，說的話我都聽不懂。」

三樹子聳聳肩笑了。

「總之我很羨慕妳們，從妳們相處的樣子，可以感受得到妳們一心同體。」

「說得沒錯。像我和步美、香良都是獨生女，真的太羨慕小里里與禮子小姐了。」

三樹子及在場所有人都不知道，其實我有一半以上的人生，過的都是獨生女的生活。

我將中間最大的豬排沾上咖哩醬，和白飯一起挖起來。這個感覺……那一天的情景鮮明地出現在我腦海之中——

以家人身分在滋賀老家度過的最後一天，爸爸問我想吃什麼。「豬排咖哩飯」，我不假思索回答。正逢失業，負責打點家務的父親說：「好啊，我做世界上最好吃的豬排咖哩給妳吃。」他一連點了好幾次頭。那時候，雖然家裡沒什麼錢，但他還是買了上好的里脊肉回來。

最後一頓晚餐吃的豬排咖哩，是我吃過最美味的食物。

「爸爸，你比較喜歡豬排還是比較喜歡咖哩呢？」

父親說過自己自己最喜歡吃的食物就是豬排咖哩，「克子（日文發音同豬排）和禮子的名字就是從這裡來的。」他曾半開玩笑地說過這件事。

「又是這種送命題啊，嗯——喜歡哪一個呢？」

父親放下湯匙，懷抱雙臂。

「兩邊我都放不下呢。」

其實，我比較想聽他說喜歡豬排。

「因為無論是咖哩或是豬排，我都很喜歡，割捨不下。克子我跟妳說，豬排咖哩飯呢，不管少了豬排或咖哩都不行，湊齊兩者才成為了豬排咖哩飯。不管發生什麼事，豬排和咖哩必須一直在一起。」

爸爸的聲音顫抖著。

「爸爸，你怎麼了？」

「沒事、沒事。」

他深邃的雙眼蘊含著水氣。爸爸挖出在咖哩海底的那塊豬排，放在盤子遞給我。

「好好喔，小克都有。」

坐在我旁邊的禮子，含著湯匙看著我。

「羨慕吧！」

當我對禮子展現爸爸給我的豬排時，一隻手突然把我拉至媽媽胸前。

「好痛喔！別抱得那麼緊啦。」

媽媽緊緊地抱住我，我幾乎喘不過氣來。

「對不起……小克，對不起啊。讓媽媽緊緊地抱一下，再一下下就好。」

其實我一點也不討厭，我每天都想待在母親的懷抱裡。

「媽媽也是喔，不管是豬排還是咖哩，都一樣十分、相當、非常喜歡的。」媽媽的聲音同樣顫抖著。

「咦？佼你在做什麼？好癢喔。」

禮子一手拿著湯匙，往桌下探頭一看。佼不知道什麼時候鑽到桌子下，一直聞著妹妹的橘色襪子。

「這是佼表現喜歡的方式喔。」

「真的嗎？佼以後請你多多指教唷。」

禮子拿著湯匙，找出埋在咖哩醬汁底下那塊特意留到最後的豬排，我也挖出我自己放的那塊，麵衣包覆著里脊肉，負責調和味道的軟爛蔬菜，其淡淡的甜味成功緩和了辛香料的辣味。色彩繽紛的食材、辛香料，以及廚師的心思，以上缺一不可。

至於如同豬排和咖哩般的姊妹，為什麼要分割一個出去當別人家的養女，上一代的人都已經離開人世，至今我們仍不清楚箇中緣由。

未解的謎團一直困擾著我們，不過，已經不需要再執著於尋找答案了，在那頓最後的晚餐裡所感受到的一切；媽媽溫暖的懷抱，爸爸的淚水都是真實的。比解開謎團更重要的是，香良煮的★★★★咖哩讓我回想起這一切。不，不對，分數還得更高。

Beyond the stars——已經超越星級了。

第四章

Love apple

步美

天邊傳來一陣鷹唳聲，老鷹在上空盤旋著。步美悠閒地踩著踏板，剛買沒多久的英國製折疊式腳踏車BROMPTON和天空融為一體。

國道134號的另一邊，海洋一望無際地延伸開來。海風輕撫耳畔，我轉動龍頭向右轉，數公尺外的藍色看板旁，金合歡的花苞迎風擺動。我按下煞車，繞到後門停妥腳踏車。旁邊停的是黃色PASHLEY腳踏車，車架側面有一塊銘牌，用藍色文字寫著「DANS LE VENT」（在風中），這台車和我的車子一樣都是英國製的，讓我暗自竊喜。

我從Barbour牌的外套口袋中拿出隨身鏡，整理好亂髮，睫毛膏ＯＫ、唇膏ＯＫ、毛孔ＯＫ！確認完畢後，我拉開了門把。

「早安。」

早晨的招呼聲，被機器轉動的聲音淹沒。我脫下外套改穿圍裙，站在原地等待。右後方的烘豆機前，一個方正的背影映入眼簾，男性正在開啟排氣閥，

劈劈啪啪的爆裂聲，迴盪在狹長的屋子裡，這表示滾筒內的溫度上升，豆子開始彈跳爆裂，我前天才剛學到，這個過程稱為「一爆」。爆裂音展現出豆子不同的風情，有多少豆子，就能演奏多少音樂。

「喔，妳來了啊。」

臉上滿是鬍碴的男人轉了過來。他的名字是尾內忠人。灰色的圓領針織衫，搭配深藍色的圍裙，很適合他的外型，略微下垂的眼睛，和香良有幾分神似。

「來得真早啊。」

他說完，視線立刻調回烘豆機，他用取豆棒取出豆子，查看豆子顏色變化。

「是的，我想這個時間來，可以觀摩早上烘豆。」

依據當日的天氣烘焙出「風調混合」咖啡豆，是店主忠人每天開店前的例行工作。

「哦，挺有熱忱的嘛。」

「與其說是熱忱……」

「妳該不會談戀愛了吧？」

「什麼？」

我幾乎要喘不過氣。

他眼帶戲謔地看著我。

「我是說和咖啡談戀愛。」

「啊，對，沒錯。」

我不知道視線該看哪裡，只好一直盯著印在烘豆機上的銀色文字F.ROYAL。

「一看就知道妳迷上咖啡了，別呆站著，過來這裡。」

忠人雙手抱胸，用下巴指指身旁的位置。

稍稍停歇的爆裂音，又開始劈劈啪啪地響起，令人聽了心情愉悅。這就是「二爆」。我看看掛在牆上的時鐘，一爆後已過了兩分鐘，醇厚的香氣瀰漫著整間屋子。

「好了，烘焙完成。」

烘焙好的豆子從滾筒中一股腦兒地落至圓形冷卻箱，儘管只是餘熱，仍會繼續烘焙著豆子；烘焙成胡桃色的豆子落在網上，正在攪拌冷卻。

「二爆開始時立刻關閉火力，這就是中焙，雖然喝起來比較酸，有恰到好處的苦味，不過話雖如此，隨著豆子種類及當天溫度有所變化，烘焙出來的成品也會有不同的風貌，烘焙咖啡豆的過程並非千篇一律，每天都是全新的開始。」

忠人將回復常溫的豆子移至托盤。曬得黝黑的手指一顆顆地挑出烘焙不均或形狀不佳的咖啡豆。

「哦！」

他的手在托盤邊緣停下來。纖長的食指和拇指輕輕地揀了一顆豆子出來。

「把手伸出來。」

「嗯？」

作為女性來說，我的手掌過大。我鬆開原本緊握的拳頭，慢慢地伸出去。忠人將圓形的豆子放在我的掌心。

「這給妳，這是圓豆（peaberry）。」

「圓豆？」

「一般的咖啡豆稱為平豆，形狀都是橢圓形的對吧，那是因為一顆咖啡果實中會有兩瓣種子。但是圓豆來自於圓形的咖啡果實，裡面只有一顆種子，因為所有營養全濃縮在一顆種子裡，所以比普通豆子的風味更好。一棵咖啡樹上僅有3%的機率能採收到圓豆，所以咖啡農通常會事先篩選過，所以我們比較少見到。」

我湊近掌心聞著圓豆，淡淡的甜味混合著焦香。

「有的小熊餅乾裡，偶爾會出現長有眉毛的小熊圖案對吧，原理是一樣的。所以找到圓豆時，他們不會去皮，而是直接當成幸運小物來販售。」

我忍不住噗哧一笑。

「我說了什麼奇怪的話嗎？」

「沒有……我一想到你發現眉毛小熊而興高采烈的樣子，不小心就……」

忠人哼了一聲。

「即使年過花甲，該高興的事還是會高興啊。」

他像個孩子般嘟起嘴。

「說得也是。謝謝你給我的幸運小物。」

我緊緊握握圓豆，然後收進工裝褲的口袋裡。

忠人仍在繼續挑選分揀豆子。隨著托盤中的豆子滾動，一股如同焦糖般的甜苦氣味便撲鼻而來。

「好了，分完了。」

裝袋的時間，依照烘豆師的習慣而有所不同。忠人的作法是讓豆子靜置15分鐘才裝袋。

「步美小姐，妳喝過剛烘焙好的咖啡嗎？」

「沒有耶。」

「是嗎？那我請妳喝一杯最適合今日風況的晨間咖啡。」

他迅速地推開通往店內的門。

如淺焙豆色般的茶色L字形吧檯前，設有三個座位。窗邊則設有一席桌位。店面雖不算大，卻存在著各式各樣的咖啡精神和靈魂。

忠人走進吧檯內側，而我則坐在和他面對面的凳子上。他在我面前磨著咖啡豆，節奏感十足地發出「咯啦咯啦」的聲音，他用的磨豆機上面也有獅子標誌，和我家咖啡館用的是同一款。忠人和香良的父親相差十歲，兄弟兩人都住在鎌倉，哥哥經營咖啡館，弟弟經營的是咖啡烘焙所，好好奇他們兄弟是如何相處的。

回過神來才發現，自己的思緒全和眼前這個男人有關。

他在滴濾器放置法蘭絨濾布，倒入剛磨好的豆粉。

「我記得妳好像喜歡苦味和酸味取得平衡的咖啡。」

他還記得幾天前我們閒聊的內容。

「是的，雖然我喝咖啡的時間不長，還不清楚自己的『喜好』是什麼，但我覺得香良小姐沖給我的咖啡很好喝。」

忠人慢慢繞著圈倒入熱水，點頭回道。

「香良沖的咖啡真的很好喝，因為她從小就接受我哥的訓練。」

熱水及琥珀色水滴的聲音，響遍整間店，水滴滴落的時間越隔越久，忠人湊近咖啡下壺一看。

「等不等咖啡全部滴完，有兩派作法，我是會等的那一派。」

他從背後的架子上取下兩個馬克杯，並排放在吧檯上，接著將琥珀色的液體注入有海浪圖案的杯子裡。

「我開動了。」

好苦……正當我這麼想，下一秒淡淡的甜味和清爽感緩緩在口中蔓延開來，然後微微的苦味又重新出現。

我不禁讚嘆。

「我的舌頭好像在跳舞。」

我無法用言語完整表達出這杯咖啡的美味。

忠人笑容滿面。

「看妳的表情就知道妳有多喜歡了。」

他的臉靠得很近，我幾乎能感覺到他的呼吸。我有點擔心，怕他聽見我的心跳聲。

「請問今天的咖啡混合了什麼豆子呢？」

「用中焙哥倫比亞豆作為基底，想呈現出春天裡柔和海風吹拂的感覺。妳覺得剩下兩種是什麼豆子呢？」

我含著一口咖啡，細細品嚐滋味，味道就像這個馬克杯所描繪的海浪般平穩。淡淡的味道讓我聯想到柑橘類的水果，微微苦味隨即出現，然後慢慢地消失。

「嗯——是哥倫比亞……混合了衣索比亞與肯亞豆對嗎？」

正在喝著咖啡的忠人歪著腦袋。

「可惜沒答對，正確答案是哥倫比亞、曼特寧、瓜地馬拉，比例各是4:3:3，這種苦味特別突出卻又順口的滋味，是曼特寧獨有的特徵。」

果然猜錯了。

「果然我還需要訓練很長一段時間，才能品懂咖啡的種類呢。」

「不過，妳說對了哥倫比亞啊。」

「可是，是你一開始就說用了哥倫比亞豆當基底啊。」

「我說了嗎？」

我呵呵地輕聲笑著。是「風調混合」讓我如此放鬆的嗎？還是因為和他在一起呢？應該兩者皆是。

「我想要多學一點，這樣客人問我的時候，我才能好好回答。」

「沒關係的，客人問時隨便回答就好。」

「雖然你說隨便答答，但我不知道程度到哪兒，分寸該怎麼掌握。」

「如果我不在時，要是客人問起口味，妳回答『口味由當天的風況而定』就好了。」

忠人站起身。

「咦？你已經喝完了嗎？」

我看了看他的馬克杯，已經空了。

「對，因為我想要中午前送完所有訂單。我先去把咖啡豆裝袋。」

「要送到哪裡？」

「葉山。送完之後還有些雜事要辦，回來的時間應該……還不確定。我走囉。」

我透過窗戶看著從後門離開的忠人，他笑著舉起一隻手對我打招呼。我急忙走出去，只見黃色自行車越駛越遠。隨著腳踏車離開，藍色的看板旁的金合歡跟著搖動著。他會不會就這樣隨風而去，再也不回來了呢？我的心裡突然升起一陣不安。他的背影朝著海前進，漸漸消失在我視線中。

「路上小心。」我嘀咕一句，走回店裡面。我拿著馬克杯，站在水槽前，接著從口袋拿出手機，戴上藍牙耳機，熟悉的倫巴歌曲開始播放。

從前一位阿拉伯高僧

告知忘卻戀愛的男子
一種令人心醉神馳的
琥珀色飲料

我洗著教我如何焙煎出琥珀色飲料的男子用過的海浪圖案馬克杯。杯緣還留有豆子的油脂。我好想把嘴唇貼上去……不行，這樣太變態了。我端正心思，用起泡的海綿刷刷著杯子。

聽見門鈴聲響起，我急忙沖掉手上的泡泡，還沒來得及喊歡迎光臨之時，一身小麥膚色、滿臉雀斑的中年婦女趾高氣揚地走了進來。她身上穿著深色羽絨外套，裡面搭著黃色T恤。

「阿忠呢？」

聲音聽起來相當沙啞，感覺像喝多了酒。

「他去送貨。」

還沒開始營業……我將到嘴的話吞回去，笑臉盈盈地回覆她。

「妳是打工的？」

由上而下，再由下往上，她毫不客氣地上下打量著我。

「我很久沒來了，特地來買豆子的，他何時回來？」

「我也不清楚，他去了葉山，還說要辦點私事。那個，如果妳想詢問豆子的事，我——」

「打工的哪會知道我愛喝什麼豆子。」

她拉高音量。

「我晚點再來，等阿忠回來，你告訴他瑞枝來過。」

她用帶刺的眼神看著我，轉身離開。

什麼瑞枝，妳誰啊？我的心底起了陣陣波瀾，不過，很快便平復下來。因為我很自豪，自己是個善妒的女人。

＊＊＊

警報器的紅色燈號開始閃爍，高亢的聲音在腦中迴盪。時間不久，算起來只有短短一、兩分鐘，但對我來說卻覺得特別漫長。

車子行駛在軌道上的聲音伴隨風聲傳了過來，沒多久，長得像蝗蟲的電車頭緩緩地駛近，海色（海藍色）的電車從我們眼前經過，平交道柵欄往上升起，我嘆了口氣，穿越平交道。

在今小路右轉後，住宅明顯變多了，電線桿上貼著鏑木清方紀念美術館的介紹海報，海報中畫著以沐浴在晨光下的草花為背景，一名穿著紫色和服的少女緩緩行走的模樣。每次看到這幅畫，我都會不自覺面露微笑。遠處有日本樹鶯正布穀布穀地叫著，宣告著春天已經來到，我有多少年沒聽過這些鳥鳴了呢。以前我住在西東京的城鎮中時，旁邊就是一個大公園，只要側耳傾聽或許就能聽見一二，但當時我沒有那個心情。經歷了重大失戀之後，職場上的騷擾又接踵而至。情場、職場兩相失意下的後遺症，讓我的心傷痕累累。接下來的生活裡，無論是天空的模樣，或是鳥語花香，我都不曾在意過。

起因是某天偶爾間看到的ＢＳ頻道的節目，畫面上所呈現的鎌倉四季變化，深深地打動我的心。我聽說，被人傷了心，只能仰賴人來修復，不過大自然的力量亦不可小覷，它在悲歡離合中，依舊淡淡地推動著歲月流逝。是時候為灰暗的生活劃下休止符了。我想找回自己和四季的感覺，所以搬到了這個城鎮。

布穀布穀

淺綠色的小鳥不知道停在哪兒呢？我一邊走，一邊欣賞著庭園樹木及綠籬，金縷梅在春天裡率先開花、香氣芬芳的蠟梅，以及稱作黃金花的山茱萸。我聽說這個時期的黃色花卉特別多，是因為剛開始活動的昆蟲特別喜歡這種顏色。比對已然失色的自己，這些春天的花卉實在光彩奪目。

我走過轉角。

春風夾帶著隱約的香氣吹拂我的臉頰，不遠處金合歡正在搖曳著。如羽毛般輕盈的絨球花苞，就像一顆顆金黃色的小毛球。我站在藍色的格柵門前，有種恍然大悟的感覺，這個配色和「DANS LE VENT」的入口一模一樣。我推開我家咖啡館的門。還沒到營業時間，穿著金合歡色針織衫的倉林太太，已經坐在露台區的座位上。

「歡迎回來，大家都在等妳回來呢。」

倉林女士朝我揮手，旁邊坐著三樹子與里子，坐在她們中間的俊，看著我汪汪叫。

「步美，來坐這兒。倉林女士想和我們商量新房客的事，所以我們緊急召開了家庭會議。」

三樹子指指對面靠圍牆的座位。

「原來是這樣，不好意思，讓大家等我這麼久。」

我收起想回房間的心情，坐在座位上，俊靠過來聞聞我的腳。香良從屋子裡走出來，手上端著抹茶色、芥末色及深灰色的杯子。

「啊，歡迎回來，太好了，我想著妳出去散步差不多要回來了，所以我剛剛泡了咖啡，步美小姐的馬上就好，稍等一下。」

香良將大家專用的杯子放在桌上，立刻走回廚房。

「步美小姐，好久不見啊，最近打工順利嗎？」

圓呼呼的臉朝我逼近。明明前幾天才見過，這對倉林女士的時間觀來說已經到了「好久不見」的程度嗎？

「沒錯，託您的福，我做得很開心。真的很謝謝您介紹工作給我。」

倉林女士右手的四根手指像鞠躬一樣彎曲起來。

「不用客氣，那個材木座的帥哥，一向我提起想要招募兼職人員時，我第一時間就想起妳了。畢竟，妳呀——」

眼鏡後的圓眼睛上下快速移動。

「妳長得漂亮，身材又好，而且在這裡又每天喝好喝的咖啡，也慢慢地越來越熟悉豆子，已經是稱職的招牌女孩了呢。」

三樹子點點頭。

「DANS LE VENT我只去過一次而已，店面很漂亮，如果步美小姐在那間海邊的烘焙所裡，一定很引人注目。」

里子微笑地接著三樹子的話說。

「真的太美了，簡直是完美的招牌女孩。」

我急忙擺擺手。

「妳們真的太客氣了。重點是，我已經不是『女孩』的年紀了。」

三樹子皺著眉頭。

「妳真是的，現在已經是多元化的時代了，有個接近四十歲的招牌女孩又有什麼關係。」

她裝模作樣地瞪著我，卻滿臉笑意。三樹子是令人安心的好朋友，可是聽她隨口就說出『多元化』這個詞語，我的心中還是覺得快快不樂。

「久等了。」

香良端著兩杯咖啡走過來，將粉色杯子放在我面前後，便坐在倉林女士對面。

「那我們乾杯吧。」

三樹子舉起杯子。
「為什麼要乾杯？」
拿著青磁色杯子的香良詢問三樹子。
「我剛剛決定的，這就是我們我家咖啡館的家庭規矩。我說香良妳啊，別老愛這麼追根究柢嘛。」
「對呀，小香良，難得大家集聚一堂，乾個杯有什麼關係。」
倉林女士用抹茶色的杯子輕輕地碰了我的，然後喝了一口。
「啊——好好喝。」一邊欣賞庭院的風景，一邊喝著香良沖的咖啡，真是鐮倉第一享受，尤其是現在這個季節，真是太舒服啦！」
栽種於露台磁磚與庭院間，成為一道分界線的白花三葉草周圍，有兩隻白粉蝶正在飛舞，坐在我腳邊的俊，也欣賞著雙蝶舞出白色華爾滋。
「香良小姐沖的咖啡確實特別好喝。」
這才發現我把心裡的話說出來了。香良泡的咖啡沒有多餘的味道，溫度正好，如水果般的甜味和酸味。恰到好處的苦味像是點綴般轉瞬即逝。
「香良小姐，今天的豆子是什——麼？」

聽見里子提問，香良點頭回應。

「今天啊，是衣索比亞和……」

這種深焙感和苦味我沒忘記，和前幾天忠人在店裡沖給我的咖啡很相似。

「不好意思，是不是曼特寧的混合特調呢？」

香良睜大和忠人神似的雙眼。

「好厲害啊！答對了！」

「哇，妳好厲害唷，真不愧是接受過帥哥鍛鍊的女孩。」

倉林女士拍著手，香良則接著說下去。

「衣索比亞咖啡有著濃郁的香氣，以紅茶比喻的話，就像是伯爵茶那樣帶點辛香。而自帶的酸味剛好和曼特寧的苦味完美互補，不過帶苦味的咖啡也有很多種類，妳喝得出來，真的很厲害。」

「我碰巧……猜中的，剛好不久前店長剛跟我說過曼特寧的特性，感覺這種苦味和風味，和那天喝到的咖啡很像。」

「好神奇啊，原來酸味加上苦味會變成如此有深度的口味啊。話說回來，衣索比亞和曼特寧，感覺有點像我和小里里耶。」

三樹子邊喝咖啡邊說。

「什麼？我跟三樹貓？那苦味是誰？」

里子一問，三樹子頂著扁平五官笑道。

「那這還需要問嗎？當然我是那個清爽的酸味，整個包容著小里里啊。」

「是嗎？我怎麼覺得應該顛倒過來呢？不過算了，無論如何都是★★★★★級的美味。」

「里子小姐說得沒錯，衣索比亞和曼特寧，可說是天衣無縫呢。」

「真不愧是步美，說得真是太棒了。那麼接下來──」

三樹子放下喝到一半的咖啡，接著像議長般清清喉嚨。

「大家都喝到美味的咖啡了，現在正式進入家庭會議的主題。倉林女士，妳說想討論關於新房客的事，是什麼事呢？」

本來看起來心情不錯的倉林女士，側臉突然籠上一層陰霾。

「關於這個嘛，就是呢，有一位女性，是我們家老爸前上司的太太，名為加藤千惠子。」

倉林女士口中的「老爸」，不是她父親而是她先生。雖然我只見過她先生一兩次，但他與那個嘴巴像機關槍一樣的妻子完全相反，是個十分沉靜的人。

「啊，不過呢，那位前上司七、八年前就過世了，現在住在天國。加藤女士原本和兒子一家人住在大船的大房子裡，可是——」

大船也位於鎌倉市內。倉林女士眼鏡後方的圓眼睛開始變得濕潤。

「真的太過分了，我真的是聽也哭說也哭，有時還會生氣……加藤女士，已屆七十三歲高齡，卻被她親手養大的兒子給趕出門了，現在住在飯店裡。她一直都在家裡當全職主婦，人脈不怎麼廣，不知道求助於誰，所以才聯絡鎌倉一一九，也就是我本人。然後，如果啊……我是說如果，有多餘房間的話，能不能讓她住在這裡呢？我可以保證她的人品，大家可能會擔心她的年齡，不過她雖七十高齡，身體卻相當硬朗，然後，偷偷告訴妳們……」

她用福態的拇指和食指比了個圈。

「她的存款和年金好像也存了不少，晚年的事情讓她慢慢考慮即可，以我的立場來說，我希望她能先有個安身之地，不知道妳們覺得如何？最近這段時間，能不能讓她留在這裡呢？」

倉林女士在膝蓋上雙手合十請求，並且看著在場的所有房客。一直點頭附和的香良，鬆開原本抱胸的雙臂。

「如果是這樣，在我來說的話，請一定要請她過來。目前的空房還剩二樓的儲藏室與一樓的書庫，不過，兩間都只有約兩坪大空間而已。」

倉林女士搖搖頭表示沒關係。

「儘管只有兩坪大，但這間房子相當牢固，內部裝潢又很漂亮，夠了，這樣就足夠了。加藤女士是在無預警的狀況下被趕出來的，行李應該也不多。」

「我也沒有意見，我說香良啊，如果要住的話，就讓她住在二樓吧，現在雖然那裡當成儲藏室使用，但正如倉林女士所說，是間理想的西式房間，差不多只要一個小時，就可以把裡面的東西搬到書庫去了吧。這麼做，大家可以接受嗎？」

三樹子看著所有房客的臉說道。

「當然沒問題，這種事情我沒有意見，有什麼事儘管說，我也可以幫忙移動房間裡的物品。」

里子贊同我說的話。

「我當然也沒有意見，我也會幫忙搬東西的。可是——」

里子說完卻抿緊嘴唇。

「可是什麼？里子小姐？」

倉林女士歪了歪頭。

「那個，我很歡迎那位加藤女士入住，只不過——」

她往前彎彎腰，一邊撫摸著趴在她腳邊的俊背部，一邊說道。

「我很在意剛才倉林女士說的『被兒子趕出來』這點，這是怎麼回事？惡意遺棄嗎？這個兒子未免太過分了吧！」

「是啊，真的很過分。可是加藤女士卻說『是我不好，養出了這種兒子』。自從她兒子離職開始經營餐飲業之後，所有事情開始變得不順利。因為他欠下大筆債務，必須賣掉大船的家。問題就在這裡，他本應帶著加藤女士一起搬去接下來要住的公寓，結果他對加藤女士說自己預算不夠，家裡又有考生。而且啊，更過分的是，他還咄咄逼人地對加藤女士說：『妳是我媽……拜託妳體諒體諒我。』不但失去居住多年的房子，還被兒子這麼說，實在太可憐了。哎呀，我真是的，對不起啊……」

倉林女士用食指指背推了推眼鏡，吸吸鼻子並擦去淚水。

這到底是怎麼一回事？簡直不可思議，忘恩負義也該有個限度，真是個爛人……大家指責加藤女士兒子的聲音離我越來越遠。

「拜託妳體諒體諒我。」

這個世界上最殘忍的一句話，不由分說地將我拉回過去。

三年前的春天。在遊學地點——英國薩福克的農園採收番茄的男子說道。

「昨晚我真的覺得我們可以繼續走下去的，就算是現在我也很喜歡妳，可是——」

棒果色的眼眸看著我。

「可是？可是什麼？」

前幾天他才對我說「我喜歡妳，我想永遠和妳在一起」，我也是抱持著同樣心情。但我們之間有一個必須共同跨越的大問題，也就是「我是什麼樣的人」；我帶著什麼秘密活到現在。我相信他一定會懂我，所以我對他表明從未公諸於世的過去。保持一陣沉默後，他說「那也沒關係，我喜歡妳的心情不會改變」。我的身體開始顫抖。終於遇見了！我另一半的靈魂。

可是，才一個晚上他就變卦了。職場上的男性，個個視我為怪物。曾讓我作嘔的氣味，再度在此出現。

他低垂著眼眸，向我遞出剛採收的番茄時說。

「抱歉，拜託妳體諒體諒我……」

「步美小姐？」

香良直直地盯著我的臉。不知不覺間，我已淚流滿面。

「啊，不好意思，我一想到……」

我一下子說不出準備入住的房客名字。

「那個……加藤女士的心情就——」

「妳果然很善良呢，不止外表，內心也十分美麗啊。」

倉林女士瞇著眼睛看我。

不是的。我總是只考慮著自己的事情，一心只想著要怎麼掩飾自己滿是謊言的人生。

我聽見某處傳來日本樹鶯的啼聲，我抬頭仰望天空，發現藍色已全數褪去，現在則是籠罩著一層朦朧的薄灰色面紗，方才看見的白粉蝶現在也不知去向。

「剛剛天氣明明還很好的啊。」

里子嘟囔說道。

「春天的天氣總是瞬息萬變，這就是大家常說的「櫻花朦朧」嗎？總感覺心情有點沮喪呢。」

「NO, NO.」倉林女士對著里子來回搖著手指。

「這世界上可沒有什麼令人沮喪的天氣喔。這種天空稱為「養花天」，雲擋住了上空的冷空氣，保護著花卉，讓花卉得以獲得滋養，等待盛開之時到來。這麼一想，春天的朦朧天空其實也不錯吧。」

「哦，真不愧是倉林女士，我又學到一課了。」

三樹子高舉馬克杯。

「開玩笑的啦，我是不懂裝懂。其實我也是前天從加藤女士口中第一次聽到養花天這個詞彙的。」

倉林女士吐吐舌頭，露出淺淺笑容。

✽✽✽

滴濾器中裝著剛磨好的豆子，我將熱水注入其中。細碎的暗紅色顆粒膨脹成山的形狀，彷彿活過來，一股美味的香氣隨著蒸氣散播開來。

「我覺得好緊張喔。」

「是嗎？妳的手法看起來很嫻熟啊。」

香良坐在我對面，越過吧檯看著我手邊的動作。

「這味道真的好香喔！」

咖啡一滴滴地落進咖啡下壺。悶蒸完畢，我拿起手沖壺，掩飾骨節分明的手掌不讓人發現，注入第二次熱水。

「這是店長今天早上剛烘焙好的『風調混合』，豆子本身是相當美味的，但不知道我能不能沖泡成功……」

烘焙可以發揮咖啡豆的潛力，接下來就靠萃取了，重要的是熱水和豆子接觸的方式，要如何令兩者順利地融合在一起，沒有正確答案，妳去找找屬於妳自己的方法吧——忠人這麼對我說。要保持均衡一致，我屏氣凝神，由內往外繞著圈注入第三次熱水。熱水和豆子融合時發出細微的聲響。

「和香良姊相比，我還只是個新手，但手沖咖啡的時光中，我最喜歡現在這個時間了。」

「我懂妳的意思。像我如果遇到煩心事，或是沒來由的心情不好時，只要沖泡咖啡的這段時間裡，就可以忘記一切。我會想像著第一次喝到咖啡時的那種放鬆感，如此一來，就可以集中所有心思在眼前的事物上。看著琥珀色的液體一滴滴落下，心中那些紛紛擾擾也會一併消失呢。啊，不好意思，在這麼重要的時刻說這些，看樣子應該差不多了。」

咖啡全部滴完後，我拿起滴濾器，將咖啡注入海浪圖案的馬克杯中。

「今天是以曼特寧為基底，混合了巴拿馬及巴西的特調咖啡。喝起來的滋味……由我對妳說明的話，是否有點不自量力了。」

香良微笑地搖搖頭，接過馬克杯，喝了一口。

「好好喝。步美妳好厲害喔，沖得這麼美味，有這手藝，常客應該也不會有什麼意見。」

我倒出一些風調混合來試試味道。有種令人懷念的，像土一般的苦味，接著水果般的酸味瀰漫在口中，又隨即消失，讓我感受到些許的春天氣息。或許我意外地沖得還不錯。

「好安靜啊，我覺得非常平靜。」

香良看著牆壁上的木紋說道。

「店長說過，希望客人能用五感全心全意地品嚐咖啡，所以這家店不會播放音樂。前陣子我還因為沒有音樂覺得有點無趣，可是我察覺到一件事，待在安靜的店裡，我能聽到咖啡所演奏的音樂。烘豆機在烘豆房裡運作的聲音、豆子爆裂的聲音、熱水沸騰的聲音、磨豆子的聲音、注入熱水的聲音，以及水滴落下的聲音……咖啡粉和熱水相遇融化後變成了咖啡，整個過程中充滿了各種悅耳的聲音，所以我開始覺得必須仔細聆聽這些聲音才行。」

香良笑著點點頭，又嚐一口咖啡。春風拍打著窗戶。

「以五感全心全意品嚐咖啡啊，他們果然是兄弟。我爸也常把這句話掛在嘴邊。我爸雖然很喜歡爵士樂，但是他在客廳喝咖啡時，會專心聆聽風聲或鳥叫聲。說到這裡，這個杯子。」

她懷念地撫著海浪圖案的馬克杯。

「以前我家也有一個和這一模一樣的杯子，卻被我不小心打破了。」

「咦？香良小姐，莫非這是妳第一次在這裡喝咖啡？」

「……是的。每次都麻煩忠人先生跑一趟。之前三樹子約過我，但不巧那天特別忙。」

香良稱呼自己的叔叔忠人為「先生」。只有我覺得這個稱呼感覺像是要刻意保持距離嗎？此時後方傳來開門的聲音。

「說人人到……店長好像回來了。」

烘豆房裡發出了一些聲音。沒過多久，忠人就過來站在我們旁邊。

「哦，妳來了啊。真是罕見呢。」

香良輕輕地抬了抬海浪圖案的馬克杯，朝忠人點頭行禮。

「午安，風調混合，真的很好喝。」

「步美小姐沖的咖啡好喝吧。」

「沒錯，甚至讓我有點驚訝。」

「她啊，挺有天賦的。」

忠人的手輕輕拍拍我的肩膀。我覺得香良看著忠人指尖的目光，似乎變得稍微嚴峻了一些。

「對了，這個要給你。」

香良別開視線，將放在隔壁座位上，印有綠色KINOKUNIYA文字的紙袋，移至吧檯上。

「這次倉林女士分享給我的東西。」

什麼、什麼?忠人像個孩子般窺探紙袋的內容物。

「哦!是蜂斗菜味噌,這個挺好吃的,最適合當成下酒菜了。」

他用雙手取出裝有草色味噌的保鮮盒。

「我用倉林女士家庭院採摘的蜂斗菜製成的。」

香良看著我說道。

「當成飯糰的餡料或是做成義大利麵都很美味,今年因為有步美小姐在,所以倉林女士請我拿來店裡用。」

「已經是蜂斗菜的季節了啊,真是開心,步美小姐,下次我做蜂斗菜味噌義大利麵給妳吃。不過我們真是心有靈犀,我也有東西要給格拉迪絲女士……稍等我一下。」

忠人把手朝後方一揮,便奔向了烘豆房。

「格拉迪絲女士是什麼意思?」

「有一部影集叫《神仙家庭》,格拉迪絲女士是裡面的一個鄰居角色,因為她一有機會就去女主角珊曼莎家,和倉林女士給人的感覺很像。每次我爸提到倉林女士時,都會開玩笑地稱呼她為格拉迪絲女士。所以忠人先生應該也跟著……」

忠人抱著兩個裝滿番茄的麻製手提袋回來了。

「來，這給妳，一袋幫我拿給格拉迪絲女士，一袋給我家咖啡館。我有朋友在葉山經營番茄農場，我送貨結束後順便去了一趟。因為格拉迪絲女士介紹步美小姐來工作，我想早點回禮給她，不好意思好像有點重，可以幫我帶回去給她嗎？」

「當然沒問題，不過，也給我們這麼多，真的可以嗎？」

「嗯，我家咖啡館可以用這個來煮咖哩。佐藤女士……對嗎？明天會有新房客入住嘛。」

「不是佐藤，是加藤女士。」

香良在我旁邊回答。

「對、對，加藤女士。我聽說明天是咖哩日，我覺得歡迎會上可以做番茄咖哩來迎接新人加入。」

「非常謝謝你，我覺得格拉迪絲女士一定會很高興，加上我正煩惱著週六該做什麼咖哩好。」

忠人笑著說道：

「週六的咖哩啊，聽起來很像土用丑日❽的鰻魚耶，總之，妳可以試試用番茄做出令人精神滿滿的美味佳餚喔。」

香良開心地看著剛採收的番茄，忠人則默默地望著她。原本存在於兩人之間的尷尬氣氛，我覺得似乎稍稍緩解了一些。

此時門鈴聲響起。

「啊！終於見到你了。」

熟悉的沙啞嗓音劃破空氣。

「喔！歡迎啊。」

「阿忠你真是的，前幾天我難得來一趟，你卻不在店裡，後來我又來了好幾次，你還是不在，到底怎麼回事？」

從那張鴨子嘴巴裡發出撒嬌的話音。忠人聳聳肩，似乎很習慣熟人這種應對方式。

「我可以坐這裡嗎？」

她用明顯下垂的下巴指指香良旁邊的位置。

「請坐，我要離開了。」

她將杯子裡剩餘的咖啡一飲而盡後，站起身來。

「不再坐一會兒嗎？」

香良笑著搖搖頭。

「今天我只是幫倉林女士帶東西過來而已，況且我還得去購買晚餐的食材，謝謝你的番茄。」

香良抱起放在吧檯上的番茄，轉身離開店裡。

瑞枝不自然的長睫毛眨呀眨，瞪著香良的背影。

「那人是誰啊？」

「我姪女。」

「姪女？是那個……」

「是啊。」

瑞枝本來想說些什麼，卻被忠人用笑容擋下來。

「抱歉啊，難得妳來找我，我卻總是不在，那妳今天要喝什麼？」

---

❽土用丑日（どようのうしび）是日本的一個傳統日，通常出現在夏季的「土用」期間。土用是指四季變換的過渡期間，每季有一個土用，根據日本的傳統陰陽五行學說，土用是養生與保健的時期。丑日是指在土用期間的某一天，根據農曆的干支排列，特別是丑（牛）日。這一天常常與吃鰻魚有關。而「土用」和「週六」日文發音相近。

「啊，嗯。這個嘛，瓜地馬拉……啊不要好了，還是給我來杯風調混合吧。」我背對著那個刺耳聲音的來源，用力地轉開水龍頭。

照射進店裡的光線越來越少了，時間已經逼近下午五點。瑞枝依舊賴在吧檯席不走。這兩個小時內，有好幾位客人來店，他們不只是來購買咖啡豆，儘管想留在店裡喝咖啡的客人增多，她仍不讓出座位，況且用兩百日圓續杯的咖啡，早已空空如也，她就坐在吧檯正中央，托著下巴，仔細盯著忠人的一舉一動，趁他空檔時與他攀談。

稱呼這個女人為「材木座的倉林女士」一點也不為過，她同樣很喜歡討論別人的八卦。與倉林女士截然不同的是，她既粗俗又不體貼。即便是常客，忠人卻一直附和著她，這令我大為光火。店內迴盪著那沙啞且略帶頹廢的聲音。只有這種時候會覺得店裡沒有播放音樂實在太失策了。

「〇子從以前就擺出一副資優生的樣子，一直看不起我這種不良學生，結果她自豪的女兒卻是那副德行——」

另一位常客的女兒成為未婚媽媽後回到老家的話題暫時告一段落。沒多久，一直擦著海浪圖案馬克杯的忠人開口說道。
「您再來杯咖啡如何呢？」
瑞枝噗哧一笑。
「你幹嘛？搬出京都的茶泡飯傳說挖苦我啊，是叫我趕快回去嗎？」
「妳聽出來啦？」
忠人滿眼笑意。
「抱歉啊，我差不多要打烊了。」
瑞枝瞇起眼睛看著忠人背後的時鐘。
「距離六點打烊還有一段時間啊。」
她揚起單邊的嘴角。
「真的不好意思，今天想早點打烊，接下來我有點私事。」
「……好啦。我也得回去煮晚飯給我媽吃。」
她比忠人小三屆，有很多共同的朋友，以前是衝浪手，離過一次婚，沒有小孩，也沒有固定工作，和年邁的母親兩人住在看得見海的老家裡。她留在這裡的時間，長到讓我完全掌握了她的個人資料。難搞的常客終於離開椅凳。

「那我今天就先回去了。」

她朝忠人輕輕地揮揮手。

「好啊，改天再來喔。」

一頭棕色染髮，身上穿著身體曲線畢現的針織衫及牛仔褲，當我目送年齡不詳的瑞枝背影離開時，她突然轉過頭來。

「對了，我忘了說，你那個姪女，」

她眼神充滿憎恨看著我。

「我看了就一肚子火。你也別繼續跟她來往吧？」

門關上時發出了巨大的聲響。

忠人開口說話，打破好不容易恢復的平靜。

「那個人老是賴著不走，真是困擾啊。」

他嘴上掛著曖昧笑容，收走放在吧檯上的杯子。

過去，忠人和香良之間發生過什麼事嗎？為什麼兩人相處起來如此尷尬？還有那個瑞枝剛剛說的話。許多疑問一齊湧至我的喉嚨，好想問清楚。可是反觀自己又如何呢？自己也有一大堆不希望別人過問、不想說出口的事。我吞下所有疑問，著手清洗杯子。

「步美小姐，等等有時間嗎？」
我的背後傳來詢問聲。
「嗯？」
我一轉頭，看見一雙微微下垂的眼睛正對我笑著。
「能不能陪我騎一段腳踏車？」
我差點摔掉手上沾滿泡沫的杯子。
「可以。我是說，我有時間，要去哪裡呢？」
「不能告訴妳，等妳去了就知道。那，五分鐘後在後門集合。」
忠人走向烘豆房後便不見人影。
「等妳去了就知道。」
忠人說的話彷如糖果在我舌尖上開始打轉。我加快清洗腳步，整理好店內環境。
走出後門後，忠人站在離門有一段距離的地方，朝我揚了下手。
「奇怪，你那件衣服？」
「沒錯，我這件衣服。」
我們兩個穿著同一件Barbour牌的外套。

「其實我也有一件一模一樣的。」
「抱歉，我無意和你撞衫。」
「妳不用道歉，只是我自己不好意思隨便穿而已。不過，像今天這種風況，當然得穿Barbour啊。今後我可能也會拜託妳幫忙送附近的貨，把這件衣服當成制服一起穿，就不會那麼突兀了。」
忠人一邊推著側面寫著「DANS LE VENT」的自行車往前走，一邊仰望著藍色所剩無幾的天空。
「就是現在！鐮倉！」
我努力忍住不要笑出來，追著那個寬大的背影。踏板踩起來相當輕鬆。
忠人的腳踏車往左轉。我側眼看了看踏上歸途的觀光客，穿過若宮大路，來到國道第134號。
遠遠可以看見江之島的樣子。海面緩緩地向右延伸，映著夕陽餘暉，閃耀著淡淡的群青色光芒。帶著黏稠感的風拂過額頭，掠過我的太陽穴。行駛在我前方的橄欖綠Barbour外套，在逐漸西沉的太陽照射下，閃耀著黑色光芒。似近又遠的寬大背影……

那一天，我同樣追著背影。南房總的海濱道路，兩旁種滿了棕櫚樹。下課後，我和他兩個人騎著自行車，當時我十四歲。穿著學生制服的他，邊踩著腳踏板邊回頭對我說。

「對了，三班的由佳說想和你約會。」

我故意裝作風勢太大聽不清楚他說的話，繼續踩著踏板。

「喂！你聽見了沒？由佳說想和你約會，她好像很喜歡你喔。」

「吵死了。我沒興趣啦。」

對他來說，我是他的朋友。對我來說，他是我的初戀。我討厭這個不管風怎麼吹，頭髮都不會擺動的三分頭髮型。

我的頭髮隨著海潮香氣而飄揚著。自那之後，有什麼不一樣了呢？即使留長了頭髮，卻無法跨越心中那一道道德線。即便如此，現在我依然繼續往前邁進。

開始西沉的太陽，在海面上打造出一條金黃色的道路。道路緩緩地往上延伸，迎面吹來一股逆風，我切著變速器，往上升了一檔。忠人身上的Barbour外套的袖子被風吹得鼓起，好像降落傘，我跟在他身後，袖子一樣鼓起來，我們兩人都乘風而行。

忠人龍頭向左轉，繼續轉動車把手，讓車輛順勢轉向。

最後把腳踏車停在稻村崎停車場。

海洋和天空在我眼前連成一線。

「來這邊。」

忠人往岬角方向走去。

水平線開始染上色彩，方才還是金黃色的海洋，漸漸地變成朱紅色。江之島的另一端，可以看見群青色的富士山，彷彿漂浮於海面上。

岬角上聚集許多人群，有正看著腳架上的相機觀景窗的男性、背對海洋拿著自拍棒拍照的女高中生、互相依偎的情侶，他們都是為了欣賞這瞬息萬變的光影。

「我們往下走。」

我一邊確認腳步，一邊走下岩石區，角落有一位遊客，正一個人看著海。

我坐在忠人旁邊的岩石上，和他之間的距離大概可以再坐下一個人。奔馳在國道134

號的車聲也聽不見了，只剩下海浪拍打在岩石上然後逐漸消散的聲音。

「雖然坐起來不是很舒服，但這裡可是欣賞夕陽的頭等座位。」

被海水打濕的岩石，坐起來有點崎嶇不平，但卻是眺望海洋的絕佳地點。

「對了，我一直有個問題想問妳……」

「什麼？」

聽到「想問妳」這個詞，我不自覺繃緊身體。

「步美妳住哪一間房間啊？」

太好了，原來是要問房子的事。

「二樓約四坪大的房間。」

「和室隔壁那一間？」

「是的。」

「果然沒錯，我就覺得一定是這樣。」

夕陽下，忠人的表情很放鬆。

「那個房間裡的桌子還在嗎？」

西側的牆壁旁有一張嵌入式的書桌和書架，和復古設計風十分匹配，我相當中意。

「還在，不過你怎麼知道有桌子？」

「那是以前我用過的桌子。」

「咦？那該不會桌子上的文字也……」

THE ANSWER IS BLOWIN' IN THE WIND

桌子的邊緣，用拙劣的字跡刻著一句富有禪意的話。

「對，我大學時刻用雕刻刀一筆一筆刻出來的，那句話是〈隨風飄揚〉（*Blowin' In The Wind*）的歌詞。受到我哥影響，我特別喜愛巴布狄倫，當年居然做出這種事，真是青澀啊。原來啊，那張桌子還健在啊。」

「我不知道店長你以前也住在那棟房子裡，而且還和我住同一個房間。我相當喜歡那扇馬賽克磚玻璃。」

「妳是說那扇海浪圖案的窗戶。」

「沒錯，就是那扇。黃昏時刻會將陽光反射成亮晶晶的模樣。」

「我也很喜歡那扇窗，那片玻璃是出自匠人手筆，稱作大正玻璃。」

「大正玻璃？」

「是的，那種獨特的波浪線，看起來就像海浪一樣波光粼粼。哇，真的好懷念啊。以前我們都住在材木座，老爸死後沒多久，我們向吉見的寺廟買下了土地權，接著搬進了那個家。起初只有老媽、哥哥和我三個人住。後來我哥結婚之後，生下了香良……嗯，不過後來發生了很多事情。」

忠人說到這，眼神飄向遠方。

這個人過去到底發生了什麼事呢？我想，以後他應該也不會告訴我的。我只是一直看著他的側臉，從鼻子到下巴的平緩線條，逐漸被夕陽染成朱紅色。

「因此，我隨風飄揚，去了很多地方旅行，最後留在東京做了一陣子工作。想著回到這裡開間烘焙所，結果不可思議的是，我哥居然也愛上了咖啡。自那之後，我們開始經常和對方見面。」

不知不覺間，水平線已經開始變成了淺紫色。

「說了些無關緊要的事啊。別說那個了，來，這給妳。」

他從Barbour外套口袋中取出一個小麻袋，遞給我，麻袋裡放著一顆番茄。

「明天是妳生日吧。」

「咦？是的，但你怎麼會知道？」

「這種事當然只有鐮倉一一九——格拉迪絲女士會告訴我啊。去年我問她有沒有推薦打工的人選，她告訴我，有一個美女在3Q謝謝日[9]出生。」

在朱紅色光線中，一雙垂眼笑得開懷。

「步美小姐，妳工作很認真，為了表示我的感謝，所以想和妳一起吃著番茄，欣賞夕陽。雖然早了一天，但祝妳生日快樂。」

忠人從口袋裡拿出另一個番茄給我看，然後咬了一口。

「我好高興……非常謝謝你。」

我用手掌掂掂番茄的重量。

「話說啊，我可以賣弄一下知識嗎？」

他看我的眼神裡閃爍著調皮的光芒。

「番茄的原產地雖然是墨西哥，但歷經大航海時代引進歐洲，稱呼就變了。在英國，他們稱番茄為Love apple喔。」

「Love apple？」

「沒錯。名字聽起來雖然很浪漫，但一開始當地人無法接受番茄這種鮮紅的外表，甚至傳言說這果實有毒，因此有人把番茄比喻成禁果。很過分吧？人們都說『這果實這麼紅，一定不對勁』。在二、三世紀期間，沒有人吃番茄。明明他們只要試吃一下，就會知道這是多麼健康又美味的食物。」

「如果店長是那時候的英國人，你會吃Love apple嗎？」

「我想應該會吃吧。我是順從慾望的人，世間的眼光對我來說就是一陣風，我愛我所愛，求我所求。因為不管別人怎麼說，番茄看起來就是很好吃啊。」

天空已經變得一片紅通通，我將番茄舉到空中，涼爽的風挾帶著海水的鹹味吹拂著我。原來這是禁果嗎？我咬了一口，繃緊的薄皮爆裂開來，酸酸甜甜的滋味充斥著我的整個味蕾。

❊　❊　❊

早上十點左右的連賣（鎌倉市場農協連即賣所），人潮沒有一大早那麼多，挑高的天花板下，兩排工作台呈L形整齊排列著。放著芝麻菜、蕪菜、油菜花、苦苣……香良經過葉菜類蔬菜區，在旁邊的根莖類蔬菜區停下腳步，從放著「一堆二百圓」手寫牌子下的竹

❾ 此為日文3、9諧音，近似於Thank You。

籃中拿起一顆洋蔥。

「像這樣長得圓滾滾的，但頂部緊實的洋蔥才是最好吃的。」

香良用手掌輕輕地轉著金黃色的洋蔥。

「原來是這樣啊。」

我也從同一個籃子拿起一顆洋蔥。外皮光滑，重量也很實在。

「這麼一來就可以做出絕佳風味的咖哩，我現在就很期待了。」

香良點點頭，將兩百日圓硬幣遞給對面正在和常客閒聊的阿姨。

「要不要一起帶這個？這是螺旋甜菜根，切成圓片的話，會看見漩渦圖案喔。」阿姨用報紙包著洋蔥，用圓下巴指了指跟紅蕪菁長得很像的甜菜根。

「這適合做成沙拉嗎？」

「做成沙拉正好。吃起來甜甜的，很適合生吃。」

香良拿起甜菜根，仔細端詳。

「那也給我這個。啊，不用包沒關係，直接給我就好了。」

香良又給阿姨了兩百日圓，接過甜菜根放進購物袋裡。

「我買這些就ＯＫ了，步美小姐有其他想買的東西嗎？」

我搖搖頭，香良卻一臉不好意思地看著我。

「抱歉啊，因為我優柔寡斷，所以買東西花了很多時間。三樹子每次和我出門採買，都會生氣地說『妳為什麼老是慢吞吞的？我再也不和妳出門了啦』。妳會不會覺得等太久很煩啊？」

「才不呢，其實說起來我和妳也算是同一類型的人，我才要向妳道歉，硬要跟著妳出門。」

跟著出門採買自己生日慶祝會的用品，實在太不識相了，可是，今天我真的很需要和香良兩人獨處的時間。

「沒有沒有，我反而覺得像這樣兩個人一起出來買東西比較好，我也可以知道妳的喜好。」

香良拉開裝著鐮倉蔬菜的購物袋，對著我微笑。我們一起離開連賣，踏上回家的路。清澈的天空中，蜻蜓愉快地飛舞著。

「今天天氣真好。」

香良仰望著天空，突然笑出聲來。

「妳怎麼了？怎麼突然笑得這麼開心。」

「啊，剛剛我差點說出美好的十月小陽春『小春日和』這句話了。我啊，以前一直以為，小春日和就是指像今天這樣的天氣——發現了小小春天，這樣的感覺。結果呢，真正的意思卻是約十月的時候，晚秋至初冬的期間，暖得像春天一樣的天氣。」

「沒錯，小春日和指的其實是在晚秋時節出現了有如春天的陽光。不過我有一點意外，妳看起來很博學多聞啊。」

「才沒這回事，其實我見識很淺薄。我雖然怕生，但一旦熟稔，我就會變得特別愛教人，也很喜歡分享和講話。一學到什麼新知識，馬上就會分享給大家，所以才讓妳有這種錯覺吧。一切都是假裝的，而且還很自以為是。」

香良帶著淘氣的笑容。

「小春日和也稱作印第安⑩夏季對吧，我之前也一直以為這指的是初春的意思，經三樹子提點過後才知道是錯的。因為我很陰沉，又沒什麼朋友，即使記錯了，也沒有什麼機會讓他們指正我。」

「如果妳這樣算是陰沉的話，那我該怎麼辦？我還又陰又濕，真是糟透了。」

「沒有這回事。步美妳的個性很直爽陽光，感覺和陰沉完全扯不上關係。」

「才不呢，其實我就像無底沼澤一樣，既陰沉又骯髒。」

「又說這種話。」

香良的垂眼帶著笑意。

幾公尺外的警報器閃爍著紅燈，響起高亢的聲音。海藍色的電車從我們眼前經過，我們走至平交道時，柵欄恰好往上升起。平時來到這裡都得等上一小段時間，尤其今天我本來想停在這裡，多爭取一些獨處的時間，因為趁著到家之前，我有一些非說不可的話要告訴香良。昨天想了一整晚，要怎麼對香良開口，真到了該說的時刻，腦子裡卻一片空白，不知該從何說起。

穿越平交道，橫跨今小路後，便進入住宅區。香良不疾不徐地踩著步伐，一邊走一邊眺望道路旁的庭木。吱吱吱，不知何處傳來鳥鳴聲。

「啊，妳看。」

香良的食指指著斜上方，她喃喃道。

「妳看那邊。」

---

❿目前，「印第安人」此稱呼在許多地方已經不再使用，尤其是在北美地區。這個名稱未正確反映美洲原住民的文化和身分，且具有殖民與誤解的歷史背景。如今，許多原住民社群更傾向於使用「美洲原住民」（Native Americans）或根據具體部落的名稱來稱呼自己。

我透過前方屋子的綠籬一看，一隻綠繡眼停在那兒的梅樹上。在一片紅色花朵中，牠白色的眼線特別搶眼。

「綠繡眼很喜歡吃花蜜，每到這個季節，梅花樹上到處都有綠繡眼，所以也被稱作梅花綠繡眼。」

或許是察覺我們兩個人的視線，綠繡眼從一片紅花中，蹦蹦跳跳地飛走了。

「是不是不能一直盯著牠看啊？」

香良點著頭。

「梅花綠繡眼很怕羞吧。」

一陣笑聲後，我們突然停止談話。再走一步就說。我在心中重複許多次後，我們來到了轉角。我家咖啡館入口處的金合歡擺動著。是時候了。

「香良小姐。」

「怎麼了？」

我在金合歡的花苞前停下腳步，數個黃色小絨球聚集在一起。「沒問題的，拿出勇氣來」小花們彷彿如此說著。

「我們都把這種花稱作金合歡（mimosa），但以植物學來說，金合歡是一種屬，而不是花的名字。」

「是這樣的嗎？」

「嗯，正式名稱是銀荊（Acacia dealbata），從歐洲引進時和綠荊（Acacia decurrens）搞混了，不知道從什麼時候開始，大家都改稱為金合歡（Acacia）了，順帶一提，mimosa指的其實是含羞草（Mimosa pudica）。它們的外觀十分相似，但花色是粉色的。」

「原來是這樣，我都不知道。步美小姐真的學識淵博耶。」

我已經沒有足夠的時間回應她的讚美。

「我也一樣。看起來是女性，其實不是女性……呢。」

我說話的尾音止不住地顫抖。

「什麼？」

香良的表情變得僵硬。

「抱歉，很難懂對吧，還扯到了金合歡和含羞草……」

我雖感受到左邊投射而來的視線，但我仍看著黃色的金合歡，繼續往下說。

「這個世界中，生物學上沒有叫做道永步美的女性。我是LGBTQ裡面的T，也就是跨性別者，基因是男性，但是請妳相信我，我的內心從懂事以來一直都是女性。」

香良什麼都沒問。

家人知道嗎？什麼時候開始穿著女裝的？有手術過嗎？為什麼聲音聽起來像女性呢？為什麼看起來有胸部呢？喜歡男生或是女生呢？過去，那些問題如無數枝箭矢般朝我射來，香良應該也有一大堆想問的問題，可是她什麼也沒問。甚至沒有驚訝、恐懼或失望。她清澈的雙眸，真誠地看著我。

「這樣的我，不能住在限租女性的我家咖啡館吧，真的很對不起。可是，不管別人怎麼說，我的心理就是女性，我希望妳能理解，我並不奢求妳能馬上接受。不過，我想一直住在鐮倉，想用最真實的自己留在這裡。我也不知道自己在說些什麼，不過我覺得自己還是要向妳坦承一切。對不起……我先回房了。」

我覺得自己要喘不過氣了。我拉開格柵門，經過玄關，走上了二樓。我衝進自己的房間，反手關上門。昨晚點的精油蠟燭，餘留的香味包覆著我。蠟燭融合了鼠尾草和海鹽，聞起來就像大海的味道。平時我聞到這個香味都能放鬆下來，今天卻事與願違，我激動的心跳遲遲無法平復。大正玻璃後方的景色顯得十分朦朧。怎麼辦，我說出來了。我到底是怎麼了？為什麼要說出來呢？明明是自己決定要說的，後悔卻如潮水一波波向我襲來，我氣餒地趴在床墊上。

自我懂事以來，我的內心和身體有著巨大的相斥感。女性的自我，一直困在男性身體這個容器裡，深埋在心底深處的記憶不容分辨地浮上檯面。

二十三歲時，和我一起入職的女同事對我告白，雖然我無法把她當成戀愛的對象，但覺得和她相處還挺愉快的。幾經猶豫後，我向她坦承無法和她交往的原因。一個星期過後，整層樓的人都知道我是「男大姐」。坐我隔壁的男同事一臉不懷好意地對我說道。「我呢，沒有那方面的興趣，你可別打我的主意啊。」因為受不了被所有人當成怪物，所以我主動請辭。

我二十五歲那年的元旦，我回到千葉的老家，主動對母親坦承一切。我向母親宣告，再也不想過這種偽裝自己的生活了，今後我要以女性的身分活下去。不過……

「其實我早就發現你有點女性化了，這是你的人生，只要你願意，你可以在東京隨心所欲地過生活。但是，這件事是你和我之間的秘密，我會把這個秘密帶進棺材裡，因此不管發生任何事，你都不能告訴你爸爸，要是讓他知道自己的獨生子打扮成女人過活，他會崩潰的。所以我拜託你，要是有親戚聚會，你就像之前一樣以男性身分出席。」

母親嚎啕大哭。沒想到自己以女性身分活下去，居然會傷害到父母親。母親，想哭的人是我啊……我只能默默地緊握著母親的手。

即使「LGBTQ」這個詞彙廣泛流傳，我周遭的環境與艱難的生活，也完全沒有改善。

榛果色雙眸的男性甩了我之後，我回國在一家房地產公司上班。聘用我的人事部男同事知道一切真相，然而他卻在宴會上渾身酒氣地對我說。

「欸，妳看起來像女人，但衣服底下還是個男人吧，其實我是雙性戀，男人我也OK的。」

「不是你想的那樣。」

「什麼？難道你在東南亞做過手術了？已經拿掉了嗎？那我也想一探究竟耶。」

我用力拍掉他伸向我膝蓋的手。「打扮成女性的男人」的傳聞很快地傳遍整間公司。

無論是信任、友情或戀愛，只要我表現出真實的自己，所有一切就會瞬間消失得無影無蹤。每件事情都發生顛覆性的變化，再也無法恢復原樣。「那麼，什麼都不說反而是最好的選擇」。當我穿著男性裝扮時，我隱藏心靈的性別；而穿著女性裝扮時，我開始會隱藏我身體的性別。我一直過著壓抑自己的窒息生活。

我已經累了。今天是我三十七歲的生日，是時候活出我真實的模樣了。我從床墊爬起來，坐到那張內嵌書桌前。

四十幾年前所刻下的煙燻色文字末端，放著忠人送我的圓豆，看起來就像英文句子裡的句點。

我在偶然間看見電視節目介紹鎌倉，深受吸引，又恰巧在社群上看見招募房客的訊息，所以來到我家咖啡館，而且還在曾住過這房間的男人經營的店面裡工作。我不管這是偶然還是必然，若是持續困在自己無能為力的事情之中，只是徒增痛苦罷了，那麼，就過隨風飄揚的人生吧！今後就以自己真實的模樣活下去吧！

儘管我一直說服自己，心中的驚濤駭浪卻從未停歇。即便如此，我依舊站起身來。我將圓豆收進口袋裡，打開房門，一陣燉煮番茄的香味撲鼻而來，

我走下樓梯。餐桌正中央放著裝飾用的金合歡。今天剛入住的老婦人背對我坐著，感覺有點落寞，坐在她身旁的里子轉過頭來對我說。

「啊，步美小姐，這位是加藤千惠子女士，才剛剛抵達而已。」

「您好，初次見面。我是道永步美。」

我坐下前朝對面的婦人輕輕鞠躬。

「不好意思，請原諒我坐著回答，我是加藤，今後請多多指教。」

穿著米色針織衫的加藤女士，低沉穩重地回答我，上半身往前彎，顯現出精心整理過

的灰白色髮線。

「今天是步美小姐的生日，機會難得，我們決定舉行一個咖哩派對慶祝生日，順帶舉行加藤女士的歡迎會。我想妳應該有聽倉林女士說過，這間我家咖啡館，每個星期六的菜單都是咖哩。然後呢——」

里子為坐在身旁的新房客繼續介紹著我家咖啡館。

每個人的座位上都擺著鐮倉蔬菜沙拉。紅色、黃色、紫色……多采多姿的紅蘿蔔切成緞帶的形狀，上面擺著兩片螺旋甜菜根，像眼睛一樣看著我。

香良和三樹子從廚房端出咖哩。

「哎呀，步美小姐，妳來得正好，我本來打算上去叫妳的。」

香良若無其事地放下餐盤。藍色餐盤上放著番茄色醬汁，旁邊放著切片的番茄裝飾。

「好好看。」

一瞬間，我忘記尷尬的氣氛，不小心說出心裡的話。

「為了讓新鮮的番茄充分發揮美味，我這次試著做成無水咖哩。」

香良帶著她一貫的微笑說道。

「看起來好好吃。我第一次吃番茄咖哩呢，顏色比我想像中的紅得多。」

里子看著自己的餐盤說，三樹子也點頭附議。

「沒錯沒錯！外表看起來就是十足的番茄模樣，聞起來卻是咖哩的味道。哦？是不是很香啊？俊你也來了呀。」

原本坐在客廳的沙發前方的俊，朝我們走過來，坐在里子的腳邊。

「我們趕快呷囉。」

香良坐在長方形桌短邊的位置，看著斜前方的三樹子笑著說。

「三樹子真是的，每次都說『我們趕快呷』。那麼大家，我們一起雙手合十。」

現場所有人齊聲說著「我開動了」。

我舀起一口紅色醬汁送入口中。醬汁中除了濃縮番茄的美味，還嚐得到洋蔥、雞肉的甜味，與辛香料融合得恰到好處。

「這是什麼，怎麼這麼好吃。番茄、洋蔥、雞肉加在一起吃本來就很美味，再加入咖哩的風味，一口一口完全停不下來。」

三樹子一邊以驚人的速度動著湯匙，一邊說道，里子接著說。

「我也好喜歡這道咖哩，我給★★★★★。起初聽見番茄咖哩時，我總覺得應該是濕濕黏黏的感覺，真不愧是香良，居然做成無水咖哩了。加藤女士，覺得口味怎麼樣？」

「沒錯，這是平時很少見的口味，我覺得非常好吃。」

加藤女士因為突如其來的對話看起來有些困惑，不過她應該沒有說謊，餐盤裡的咖哩正一點一點地減少。

「太好了。聽見大家這麼說，我放心多了。其實這是我第一次做番茄咖哩。叔叔給我番茄時，告訴我可以用來做咖哩，當時我的內心還想著：『什麼？用番茄做咖哩？』」

聽見香良說的話，三樹子連點了兩次頭。

「真不愧是型男叔叔，連品味都這麼獨特。別看我這樣，我是相當守舊的人，剛聽到番茄咖哩時，也同樣想著到底是什麼味道，吃了一口才知道原來如此美味。」

三樹子豎起大拇指，然後轉過來看著我。

「步美妳覺得如何呢？妳明明是今天的主角之一，怎麼這麼安靜。」

「我覺得非常可口，我本來就很喜歡吃番茄。」

話題本來應該就此打住的，但我的嘴巴卻擅自動了起來。

「那個，我有一點私事想對大家說。方才我已經和香良小姐提過了——」

香良擔心地看著我。不過，現在正是最適合向大家坦白的時機。我握緊口袋裡那顆忠人送我的圓豆。

「我……對大家撒了一個彌天大謊。這裡的入住條件寫著限定女性，但是大家對不起，我其實是男性。我的性別認同是女性，但生理性別卻是男性，也就是一般人說的跨性別者……」

「什麼？」

三樹子的小眼睛不自然地顫動著。

「討厭，等一等。今天是三月九號吧，難道今天是新型的愚人節？」

現場的所有人皆不發一語。

三樹子垂下視線，默默吃著餐盤裡剩餘的咖哩。

原本因為番茄咖哩變得一團和諧的氣氛，瞬間降至冰點，耳朵裡只聽到綠繡眼的叫聲。

「話說啊，吃螃蟹、還有炸雞時，大家也都不怎麼說話呢。番茄咖哩也一樣，因為太好吃了所以大家都埋頭苦吃……唉，步美抱歉啊，完全沒有緩和到氣氛啊。」

從入住以來，一直很照顧我的三樹子，比我想像的還要慌張。果然不應該說出來嗎？但我真的受夠了，我想說實話。自認為誠懇的想法，難不成一切都是我的自大心作祟嗎？

我又舀了一口香良做的番茄咖哩送進嘴裡。既酸又辣，卻又甘甜。芫荽、小茴香、薑黃、辣椒……各種辛香料融合其中。是的，我也想融入其中，以一種更自然的方式融入大家。或許大家會討厭我、會害怕我，即便如此，我仍希望有一天，我能以真實的面貌和她們相處。不知不覺間，淚水已爬滿我的臉頰。

三樹子拿著窗戶前的面紙盒，放在我面前。

謝謝……我泣不成聲只能低頭致謝。我吸著鼻子，突然感覺小腿附近有生物用濕鼻子抵著我。俊早就發現了嗎？早就知道我不是女性了。

「步美小姐，妳為什麼要一臉歉意呢？」

里子開口說道。

「因為……」

我沒辦法好好說出原因，現在我只能不停地向大家道歉。

里子停下湯匙動作，直直地看著我。

「妳不需要道歉啊，妳何錯之有？妳的內心是女性對吧，那妳沒有說謊啊，而且符合這裡的入住條件。」

「沒錯、沒錯。」

三樹子附和著。

「再說了，那個入住條件超隨便的啦，是我臨時想出來的。」

「而且要說隱瞞，我和三樹子也一直有件事沒有告訴妳。」

里子急忙接著話說。

「什麼？」

「步美妳剛住進來不久時，發出很大的鼾聲，有一段時間，我們兩個完全睡不著呢。」

「小里里，妳幹嘛……」

三樹子皺起眉頭看著里子。

我都不知道，經里子一說，我想起入睡後，有時會被自己的打鼾聲吵醒，但我沒想到聲音會大到連走廊另一端的房間都聽得一清二楚。我真想找個洞鑽進去，我知道現在自己的臉一定很紅。

「對不起，都是我，害妳們沒睡好。」

里子搖搖頭。

「沒事的，打鼾只不過是正常的生理現象罷了，不需要覺得羞恥或是不好意思，只是我自己會有點擔心，怕妳是不是有睡眠呼吸中止症，真是如此的話，日常生活也會受到影響。可是三樹子說『可能是壓力太大，再觀察看看』。實際上，到了現在，我的確一點也不在意了。」

「可是，還是很感謝妳讓我知道這件事。」

我知道現在自己的臉一定紅得像番茄，即便如此，總比大家刻意避開我來得好多了。至少這幾分鐘裡，讓我忘記了出櫃後的尷尬氣氛。

「我們都是生活在同一個屋簷下的外人，沒有秘密才奇怪吧。不過，妳也知道，我是出生在琦玉、之前生活在福井的鄉下歐巴桑，聽到妳的出櫃告白，到現在心臟還是撲通撲通地跳個不停。或許以後會不小心說出沒經過大腦的話，不過，比起過度在意反而這樣自然多了。所以呢，我會保持和以往相同的態度，妳也會這麼做的對吧。」

三樹子接著看向坐在她斜前方的香良，嘆了口氣。

「我說啊，妳幹嘛一直在旁邊偷笑？感覺很恐怖耶，怎麼一直這樣我行我素的啊？」

香良把好友的話當成耳邊風，一直看著正在庭院裡大合唱的綠繡眼。

「妳們知道嗎？壓肩疊背這個詞，就是從綠繡眼站成一排互相推擠的模樣得到靈感而來的喔。」

「所以妳想說什麼？真是搞不懂香良的比喻耶。」

三樹子無力地笑了笑。

「嗯——我希望我們能像綠繡眼那樣和樂融融地生活，這棟房子很老了，我又很陰沉，雖然我家咖啡館沒什麼優點，但我想一直和大家一起在用餐時間聊天，我知道大家都有不欲為人知的事情，無論是身體上的自卑情結、成長過程、自身的性格和學歷……對本人而言巨大的煩惱，在他人眼中或許只是微不足道的小事，反過來也一樣。和外人共同生活不是件容易的事，這是當然的啊。在這樣的情況下，我希望我們能夠承認彼此的不同，並且互相尊重。所以呢，今後可能也會發生互相傷害的事，唯獨請大家不要關閉自己的心門。」

淚水使我看不清香良的笑容。

「奇怪……那個不好意思啊，說了些像是在說教的話。」

「沒有的事，謝謝妳。然後──」

我從剛剛就一直很在意，加藤女士在我眼前一副坐立難安的樣子，我對她說：

「不好意思，因為我說的話讓場面變得尷尬，今天明明也是您的歡迎會。」

「沒關係的，我啊，只要能讓我住在這裡就足夠了。」

加藤女士搖著頭回答。

香良笑著站起來。

「步美小姐，派對還沒有結束喔。接下來還有甜點，Love apple蛋糕，等我一下喔，我現在就去沖最好喝的咖啡給大家喝。」

一瞬間，我覺得香良和忠人的臉龐好像重合了。

「Love apple？那是什麼？」

里子歪頭表示疑惑。

「敬請期待。剩下的……我等等慢慢地說給妳們聽。」

「出現了！專業講古人！」

聽了三樹子的話，香良笑呵呵地進了廚房。

第　五　章

飛花落花

千惠子

池畔邊烏龜正在做著日光浴。淺紅色的花瓣翩翩飛舞著，最後落在烏龜灰色的背殼上。千惠子坐在鶴岡八幡宮池邊的長椅上，抬頭望望天空。淡紫色的天空飄著幾朵狀似鳥羽的白雲。昨天開始，時序進入清明，是二十四節氣中的第五個節氣。晨光照耀下，天地萬物富有生氣，欣欣向榮。

一個月前，我也來過這裡。那個時候的河津櫻與江戶彼岸櫻搖曳生姿，美不勝收，而現在是染井吉野櫻盛開，環繞著池塘。

大鳥居附近的對岸，有眾多觀光客與親子家庭，相當熱鬧，旗上弁財天社前的紅拱橋上，有個小男孩正在嬉鬧。

「♪倫敦鐵橋垮下來，垮下來，垮——下——來」

男童走音的歌聲在我耳邊重現。

「你唱這麼大聲會吵到別人喔。阿樹，你仔細看看池子，這座橋右邊的池子是源氏池，左邊的是平家池喔。」

我的孫子阿樹，一直在橋上跳來跳去，嘴裡不斷重複唱著「倫敦大橋」的第一段歌詞，完全不理會我說些什麼。

「不管你怎麼跳，太鼓橋都不會垮下來喔。」

不論我怎麼說，阿樹依舊蹦蹦跳跳沒有停下來。落在橋邊的櫻花花瓣，隨著震盪力道，舞落在池中；那是阿樹五歲就讀幼兒園時發生的事情。

我從旁邊的手提包中拿出手機。左右移動著手機，將紅拱橋、櫻花、弁財天社隨風搖曳的白旗全都收入鏡頭中後，按下了快門。我查看剛剛拍好的照片，拍得還不錯。按下分享鍵後，便跳出LINE的圖示，我點了圖示，又出現選擇傳送對象的畫面。接著出現朋友名單，ITSUKI KATO的圖示顯示在最上方。

「鶴岡八幡宮的櫻花，你還記得嗎？以前我們一起來過呢。」

加上這些文字，本來想傳給他。我的食指在手機畫面上搖擺。

不傳了，一傳出去，便會期待收到回訊。想起之前他已讀不回，我心裡就不舒服。那個本來很黏我的阿樹；敬老之日時會送老人手機給我當禮物的阿樹；教我怎麼使用LINE的阿樹……明明前一陣子還跟我好好說話，離開家之後卻完全不和我聯絡。

一直在水邊尋覓食物的鴿子，一齊飛向天空。我看了看手機上的時間。從我家咖啡館出來，已經過了一小時。我明明才說完「我出門散個步」，離開家沒多久而已……這陣子，時間流逝的速度相當驚人。

花瓣在空中漫天飛舞著，其中幾片落在池子裡，成為花筏，漫無目的地隨波逐流。花朵盛開雖美，但花季稍縱即逝，櫻花究竟是為何而盛開呢？我從手提包裡拿出筆記本和筆，筆記本封面畫著威廉．摩瑞斯[11]的作品《草莓小偷》。

一生為綻放，凋謝零落的花瓣，試問向何方？

我記下浮現在腦海中的字句，感覺不太對。我在下五的「試問向何方」上面劃了兩條線。

一生為綻放，凋謝零落的花瓣，命運難違抗。

我又把「命運難違抗」劃掉，離開櫻花樹的花瓣，接下來該何去何從呢？

一生為綻放，凋謝零落的花瓣，化花筏遠航。

這樣一來，彷彿將自己人生的無依無靠託付給眼前漂蕩的花瓣了。

一對優雅的老夫婦，從大鳥居方向走了過來。白髮蒼蒼的妻子坐在我身旁，對我報以微笑。她的眼神充滿好奇，看著我手上的筆記本。別這樣，別和我說話。我的身體瞬間變得僵硬，我努力控制速度，收起筆記本，盡量不讓對方感到不適。我本來想默默起身離開，但腰卻使不上力氣。我雙手撐著長椅，雙腳使力起身，向兩夫妻點頭微笑之後，我便先行離開了。即使做這種事也沒有什麼意義，為什麼我總是選擇逃避呢？以前的我並沒有這麼偏執，自從被趕出大船的家之後，我變得不愛與人相處。

我背對八幡宮，穿過大鳥居。若宮大路中央墊高的參拜道路稱為「段葛」，道路兩旁櫻花樹林立。

「這些花開得越來越美了呢。」

「不過上面還是有點空蕩蕩的。」

我身後有兩位女性正在談話。幾年前，汰舊換新的一批櫻花樹還不夠茂盛。過去那段壯觀茂盛的淡粉色拱門道路，已盛況不再。

我一邊走著，一邊透過花的縫隙窺探天空，此時手提包內的手機開始震動。看著來電顯示畫面，上面出現的是兒子名字。我走到角落的燈籠前，接起電話。

「喂。」

「啊，是我。」

他的聲音聽起來像從密室裡打電話給我。

「哪位？」

⓫ 威廉·摩瑞斯（一八三四年—一八九六年），是出身英格蘭的紡織設計師、詩人、藝術家、小說家、建築保護主義者、印刷商、翻譯家和與英國工藝美術運動相關的社會主義活動家。他是英國傳統紡織藝術和生產方法復興的主要貢獻者。

「什麼哪位？是我啊，你兒子草太。」

「真的是阿草嗎？」

久未聽聞的聲音，在我聽來就像個陌生人。

「啥？妳在說什麼啊？不會開始失智了吧？除了我還有誰。」

這種瞧不起母親的口氣，確實是草太。

「也有可能是某人用撿到的手機打給我啊。」

電話那頭傳來嘆氣聲，感覺像在說著「真受不了妳」。

「我的天啊。我的生日是昭和四十七（一九七二）年五月八日，這下妳總信了吧？」

「知道了。你打電話給我做什麼？」

「沒有，想問問妳後來過得好不好。」

你怎麼好意思問我「過得好不好」？離開大船房子的那一天。草太的一言一行真的很無情。「妳走吧，剩下的東西，我會處理掉。」這就是他和我道別時說的話。我先把身邊重要的東西寄放在租賃迷你倉，帶著一個行李箱離開了家。因為沒有其他安身之處，所以我暫時住在商務旅館裡。那種前所未有的悽慘感受，我這輩子都不想再嘗試了。究竟為什麼會走到被趕出家門的地步呢？那片上百坪的土地，原本是繼承雙親的財產而來，丈夫在那片土地上建造了我們的家。草太結婚那年，為了接下來的兩代生活，所以改建房子。如今唯一的財產，卻悄無聲息地變成了別人的物品。當所有轉移手續結束時，草太終於對我坦白所有真相，他擅自拿走我的印鑑，讓我成為他貸款開店資金的保證人，最後卻面臨事業失敗的窘境，那也是無可奈何的事。然而，為什麼我必須承擔他經商失敗的代價呢？對於兒子只用一句「抱歉」就想帶過一切，至今我仍怒不可遏。

一陣柔和的微風吹來。

「是什麼風把你吹來了？居然會打電話關心我。」

我一手拿著手機，另一隻手想要抓住隨風飛舞的花瓣，左手卻抓了個空。

「畢竟我們是母子，當然會在意妳的生活，所以啊，我在想這個週末過去看看妳。」

「週末會塞車喔。」

「是嗎？那我明天就過去。」

「太突然了吧。」

「因為我很閒啊。」

草太自從在大船的葡萄酒吧倒閉之後，就成為家庭主夫。家計則由他從事護理師的妻子未來子（MIKIKO）負責。

「我知道了，那麼……」

我本來想說吃個午飯，還是作罷。

「……一起喝個茶吧。」

「瞭解。我來找找看有沒有不錯的店家，集合地點，我晚點傳LINE給妳。」

他先掛斷了電話，真是個肆意妄為的孩子。即便如此，我仍為接下來的見面感到高興。就是因為我的態度一直這樣，他才會瞧不起我吧。

櫻花拱門仍在延伸。連接鶴岡八幡宮及由比濱間的段葛，是賴源朝為了祈求妻子政子順產而建立的道路。五十年前，我懷草太的時候，如果也走過這條參拜道路的話，那孩子是不是就能長成一個更有作為的人？

我走到第二鳥居，離開了段葛，在轉角的銀行向右轉，橫越了小町通，前往今小路。大海、櫻花、海棠花……長滿粉紅色花朵的庭木上，傳來了綠繡眼的鳥鳴聲。回想起來，我在大船的家也常常看到綠繡眼，雖然牠們總是停在開花的樹木上當花蜜小偷，但每次聽見牠們的叫聲，我總不自覺地露出微笑。

長兵衛　忠兵衛　長忠兵衛（CHOBEE、CHUBEE、CHOUCHUBEE）

先生經常模仿著牠們的叫聲。腦海中浮現出他那張長得像狡滑狸貓的臉。雖然我總猜不透他的心思，但觀賞庭院是他唯一的興趣。本來還很期待隔年的櫻花季，但他突然因病倒下，在紅葉季節來臨前便離世了。自己也不知道哪一天會離開，每年粉色花朵爭奇鬥豔的景象，我還能看多少次呢？

春日不再來……我的腦中閃過這句話。春天即使再來又有何用呢？我沒有家，沒有可靠的家人，也沒有和我同樣愛花的朋友。

你過來、你過來、你過來（CHOTTOKOI）

耳裡聽見彷彿邀請我一起散步的鳥鳴聲，幾公尺外一對大小竹雞，從我面前跑過去，我目送著牠們消失在源氏山的登山口前，在下一個轉角處轉了彎，我家咖啡館已在眼前。我在籬笆格子上最突出的樹枝前停下來，看著一層又一層的花瓣。這房子的庭院中，花朵隨處可見，隨季節變化下，八重櫻已開了八成。

大船家的櫻花，現在應該也開花了吧，又或是依照新屋主的意願，早已將樹砍掉，不留痕跡了呢？想這些也沒什麼用，我邊走邊嘆氣，推開格柵門。

倉林女士坐在露台區朝我揮手。

「哎呀，千惠子女士，我等妳回來等好久喔。」她用下巴指指對面的位置，示意我坐下。

「妳好啊。」

我在她對面坐下。她是我先生前下屬的妻子，我記得她好像小我五歲。五年前，我也像她這般有活力，一過七十歲後，我發現自己的身心都弱了不少，我們兩個的立場瞬間對調；當我無處可去時，她居中協調，讓我可以住在我家咖啡館後，我在她面前更抬不起頭來了。

「早上到哪散步了啊？」

坐在倉林女士身旁的三樹子問道。

「今天去了趟八幡宮。」

她的小眼睛瞬間睜開。

「哇！櫻花開得很美吧！我一直想著找一天去看看，卻遲遲沒有去。老實說，前陣子為了賞花去爬源氏山，結果渾身痠痛……我到底是有多缺乏運動啊。」

她摸摸自己豐滿的腰，笑著說道。她的名字和我媳婦的名字發音相同，以現階段來說，眼前這位三樹子比較好相處。

「請問，其他人去哪裡了？」

「步美去打工了，小里里帶俊去散步，香良現在正在準備飲品。啊，對了。香良——

千惠子女士回來了唷——」

她前傾上半身，朝廚房叫道。

「妳不用那麼大聲我也聽得見啦。」

廚房裡傳來帶著笑意的回應聲。

「幹嘛這樣，我難得這麼貼心耶。」

三樹子先是嘟嘴，後來又眉開眼笑地看著我。

「對了，千惠子女士，這是倉林女士帶過來的。等到了十點的點心時間，大家一起享用吧。」

櫻花色的盒子放在咖啡桌上，擺放位置比較靠近送禮人。

「我女兒啊，以前上過東京的藍帶廚藝學校嘛，這是那時候所認識的朋友，美嘉做的和式點心。」

「令嬡，現在人在巴黎當甜點師對吧？」

我記得她的年齡比草太小一點，在她大學時期見過她一次，和倉林女士長得很像，是個眼睛圓滾滾的活潑孩子。

「對，沒有錯。不過啊，美嘉本來也想當甜點師，但中途突然對和式點心產生興趣，後來就去上野的一家老店，從零開始學習。學成之後，她準備創立自己的店，所以做了一些樣品給我……話雖如此，但她好像不打算開立實體店，只會製作與販售。」

「不開實體店面……現在可以這樣經營嗎？」

我深感佩服地詢問，倉林女士聽後用力點點頭。

「正是如此。最近這幾年，景氣大幅度下滑，不過危機就是轉機呀，現在有一種類型叫雲端廚房，只需要一些用來配餐的調理空間，而且還出現許多方法，即使沒那麼多資金也可以開店。美嘉就是靠定期舉辦活動來打廣告，並且設立店面專用的社群帳號來吸引客人。」

「原來啊，年輕人就是這樣挑戰各式各樣的事情啊。」

隨著時代變化，商業的型態也有所不同。然而草太那傢伙，想法還停留在泡沫經濟時代，為了開一間葡萄酒吧，四處奔波去籌措二千萬日圓的開店資金。

「哎呀，說是年輕人，她和我女兒差不多年紀，也四十幾歲了呢。不過這樣也不錯啊。妳看，對我們來說，一過四十歲就已經進入晚年了；現在的她們卻是正要闖蕩一番事業，讓自己的人生綻放更多花朵的時候。三樹子小姐，妳說沒錯吧。」

「對對對，妳說得沒錯。現在已經是百年人生的時代了，就連我們幾個，也都只是雞寶寶而已。」

三樹子將雙手折起來，像小鳥一樣上下拍動著。

「千惠子女士，我們接下來也得繼續努力讓自己的花朵再度盛開才行喔。然後啊，」

眼鏡後的圓眼睛戲謔地笑著。

「雖然對香良小姐不太好意思，但我們先打開來看看吧？」

沒等我們回答，「噹啷——」她一邊說著，一邊打開禮盒蓋子。令人聯想到嫩草葉的和紙上擺放著春意盎然的和菓子。

「哇！好有春天的氣息啊！」

三樹子歡呼道。

「很像藝術品對吧。她們打算採用現代風格的包裝來銷售。」

「妳說她之前是甜點師，我本來以為她會融合西式風格，這和我想的完全不一樣。這就是名副其實的和菓子呢。啊——吃掉好可惜喔，但我又好想吃吃看。嗚哇！該選哪個好？啊，我就吃那個長得像可愛碎屑的好了。」

三樹子看著盒內的點心，選了一個以新綠色與淡紅色揉合而成的練切金團。碎屑……明明有個優雅的名字，卻被說成這樣。我忍不住想補充說明。

「這個和菓子稱為花紅，綠色代表嫩綠的柳樹，粉紅色代表盛開的櫻花。我記得這種和菓子的創作想法是由『柳綠花紅』這句禪語得來的。」三樹子瞪大雙眼。

「哇！千惠子女士妳好有學問！我真是上了一課耶。」

「沒錯，妳說得很對。她真的很厲害！精通俳句、和菓子與植物，什麼都難不倒她，每個家庭都必須有一位像千惠子女士這樣的人才，即便我都到了這個年紀，還是從她身上學到很多知識呢。」

倉林女士雙手的豐腴手指交握，認真地看著我。

「妳太過獎了。」

我雖然搖著頭，但嘴角忍不住上揚。

「哎呀，妳別謙虛了，我聽到和菓子，只會想到金團、練切、羊羹、饅頭，大概三、四樣而已，我到今天才知道，原來每一個和菓子都有自己的名字。千惠子女士真的好博學啊。」

三樹子坦率的稱讚，讓我的自尊心感到安慰。

「年輕人都是這樣的啦。」

「我已經不年輕了啦。」

三樹子的小眼睛越瞇越小，看起來像新月。

「和菓子深深反映了日本人對季節的感受，而每一個設計和圖案都有其專屬的名字。」

我指著花紅旁邊那個四方形的菓子。

「這是春霞。妳看，鶯綠色和粉紅色的交界處，似乎稍微暈染開來了吧。這是表現出遠方景色雲霧朦朧的樣子。再旁邊那個水藍色，散落著花瓣的練切則是花筏。」

「花筏？」

三樹子彷彿是生平第一次聽到這個詞語，歪著頭詢問我。

「指的是散落在水面上的花瓣。許多花瓣聚集在一起順著水流動的樣子，很像筏子吧。」

腦中出現了方才在源氏池看見的花筏景象。

「哦，妳說的是那一團花瓣嗎？經妳一說，還真的挺像筏子，好風雅啊。」

倉林女士指著淺紅色花朵形狀的練切和菓子。

「這個我也知道，它是叫……牡丹吧。」

「是的，那是牡丹，依照店家習慣不同，也有富貴草、二十日草等別稱。」

「原來如此。」

三樹子感動地看著桌上的和菓子。像我這樣的人也有所用處，過去的我從未體會過這種愉悅的心情。遠處吹來一陣輕柔的微風，輕輕地吹動墊在菓子下的綠草色和紙。

香良從廚房走出來，托盤上擺放著我們慣用的杯子。由於今天的點心是和菓子，我本來期待杯中的飲料會是日本茶。

香良一邊放著杯子，一邊端詳禮盒的內容物。

「香良，我問妳唷，妳知道這個金團叫什麼名字嗎？」

香良在對面的座位一坐下，三樹子便一臉驕傲地問道。

「那是花紅啊。」

她不加思索地回答。

「什麼嘛，原來妳知道啊？真是無趣。」

我和三樹子同感。即使是撒謊，我也希望她假裝不知道。

「那這個水藍色的呢？」

「是花筏吧。」

我知道自己的臉頰正逐漸變紅。

香良平穩的口氣，並非話中帶刺，我也知道她不是故意要讓我出醜，正因如此，我不免為自己剛才得意洋洋地介紹和菓子名稱而感到羞愧。我抬起頭，正好對上了倉林女士的視線——別在意、別在意——眼鏡後的圓眼睛微笑著。

「來吧，趁咖啡還沒變冷趕快享用吧。三樹子小姐說她想吃這個花紅，小香良妳呢？」

「那我就吃這個花筏吧。」

現在完全不需要我出場了。

「千惠子女士要選哪一款呢？」

「我都可以。」

我搖搖頭，沒有表態。

「別這麼說，請選一個吧。」

豐腴的手指將盒子推向我。

「那我就選這個春霞吧。」

感覺倉林女士鬆了一口氣，她指著盒子中的牡丹。

「那麼，剩的東西比較有福氣，那我就拿這個囉！」

大家都把菓子放在盤子上。三樹子迅速地拿起竹叉切開花紅並送入口中。

「真好吃！」

她豎起大拇指。

「倉林女士，請替我轉告美嘉，她的商品味道絕對沒問題。」

「我也非常喜歡這個味道，甜味瞬間即逝，實在太美味了。」

香良也微笑表示同意。我應該早點說出自己的感想，但我更在意的是和菓子搭配。咖啡，令人不可置信的組合方式，煎茶才是和菓子的不二之選……我一向不愛喝咖啡，真要喝的話，也會加砂糖和牛奶，偏偏每天在這裡喝的都是黑咖啡，其他的房客總是說咖啡富有甜味、酸味、果香，個個都很喜歡。但對我而言，只嚐到了苦味，是一種稱不上良藥的黑色液體。因為我有這種想法，所以大家才越來越疏離我嗎？我想起之前我曾在門後，聽見兒子和媳婦的談話。

「煩死了，每次跟你媽講話，我都覺得很煩躁。」

「怎麼了？她這次又幹嘛了？」

「我特地買櫻餅給她吃，結果她一打開盒子就對我說：『我比較喜歡長命寺的櫻餅，不是道明寺的。』不管哪家都一樣吧。而且她還說：『未來子，吃和菓子時得用大葉釣樟製成的小叉子享用，這個叉子是從哪裡來的？我可沒辦法用塑膠叉子品嚐和菓子』。搞什麼鬼，為什麼要一副高高在上的口氣？沒辦法品嚐那就別吃啊！反正我就是沒教養又粗俗的女人啦。真是煩人，只要跟她在一起，我就覺得自己好像一無是處。」

「別在意，我媽就是半桶水。」

「那是什麼意思？」

「我也不知道，我老爸常常這麼說她。應該就是像老媽那樣自以為萬事通吧？」

眼不見為淨，耳不聽為清。不僅草太與未來子，連丈夫對我也是這種想法。當時我明明發過誓不再重蹈覆轍，然而今天卻又故態復萌了。

倉林女士正對香良說明著和菓子的販售方式。我的目光飄向了幾公尺外櫸樹下那張桌子。木製椅子上一隻黑色流浪貓正舒服地睡著午覺。如果可以在那裡一邊喝著自己泡的煎茶及品嚐和菓子，一邊欣賞貓咪的睡姿該有多好。

長兵衛　忠兵衛　長忠兵衛

我在心裡默唸著，喝了一口綠灰色杯子內的液體。好苦。

「果然小香良沖的咖啡最好喝，與和菓子也很搭。千惠子女士，妳說是吧。」

倉林女士的聲音將我拉回現實。

「是的，我也覺得十分美味。」

不知道我笑得夠不夠自然。我用叉子切開用來代替砂糖的春霞，送入口中。

＊　＊　＊

窗邊的座位坐滿了女性顧客，從這裡可以俯視段葛區。現在的全職主婦流行一邊吃著甜點，一邊閒話家常。我側眼看著她們，草太這時開了口。

「我是有說『想選靠窗的位子』，不過因為昨天才臨時決定要來，位子都被訂走了。抱歉啊。」

他說完，舉起單手表示致歉。距離上次見到草太已經隔了一個半月。成為家庭主夫的兒子，臉上長滿鬍碴，身上穿著鬆垮垮的T恤及褪色的牛仔褲。這副裝扮若是穿在年輕男性身上，或許稱得上有型，但年近五十的大叔做此打扮，只能說是邋遢而已。

「不用在意，段葛之櫻，我每天都能看見。」

「是嗎？每天賞花啊，真羨慕妳的優雅生活。」

草太一如既往的少根筋，直接踩中我的地雷。

「哪裡優雅了？」

我不自覺地拉高音量。和一群不能相互理解的人共同生活，總是讓我勞心傷神。雖然待在自己的房間裡可以稍稍放鬆，但只有兩坪大的房間住起來沒那麼寬裕舒適。即便如此，我死也不會告訴他，在被他們夫妻趕出家門之後，自己竟過著如此悲慘的生活。

咖啡廳中央的白牆上，掛著鴿子展翅之姿的藝術品，這同時也是店家的LOGO標誌。

「當然很優雅啊，妳住在我家咖啡館對吧？我在網路上看到招募公告的照片，那地方看起來挺時尚的啊。」

「是啊。那棟建築物落成於大正時代，是融合日式與西式風格的西式洋樓，庭院很寬廣，格子窗戶、玄關的磁磚以及手把都是精心設計過的。我的房間雖然有點小，不過窗戶上鑲嵌著美麗的彩色玻璃。」

還有呢……新住所還有其他優點嗎？正當我思考之際，繫著黃色領帶的店員走了過來。白色桌子上放著玫瑰花瓣形狀的檸檬派與紅茶，草太面前則擺放了擠上鮮奶油的布丁與咖啡。

「哦？你什麼時候開始喝咖啡了？」

草太用濕紙巾邊擦手邊點頭回應。

「是啊，大概一個月前左右吧。妳聽過手沖咖啡嗎？自己磨豆子，然後每天早上用濾紙沖泡咖啡。一開始是媽媽吵著一定要喝，我拗不過她只好開始試著自己泡，後來越喝越有滋味，就變成這樣了。」

媽媽。眼前的男子，過去也是這麼喚我的，而他現在口中的「媽媽」是他的妻子未來子。

「對了，奶奶住的地方有附設咖啡館吧，我記得好像是包餐的，所以妳也喝得到咖啡嗎？」

我並不是你的奶奶。我嚥下試圖抗議的話語，吃了口檸檬派。酸酸甜甜的滋味沁入心扉。

「比起咖啡，我比較喜歡紅茶。別談這個了，你現在的新居怎麼樣？」

「喔，說到這個，」

草太正準備吃掉放在奶油上那隻用白色巧克力製成的鴿子，表情瞬間放鬆下來。他似乎差點說溜嘴，想必是住得相當舒服；為了掩飾，他又急忙皺起眉頭。

「……哎呀，果然有點小啊。」

屋齡三年，三房兩廳的中古公寓。可以看見客廳與餐廳的三間房間，他們是怎麼分配用途的呢？至少，那裡沒有屬於我的容身之地。雖然他給過我地址，但從來沒有邀請我去過。「少了婆婆」的房子，住起來一定十分快意舒適吧。

「阿樹還好嗎？今年四月就升高三了吧，課業方面如何？」

草太那雙和亡夫一模一樣的狸貓眼睛裡閃著光芒。

「我正要說這件事。其實啊——」

草太刻意地嘆了口氣。

「因為搬家太忙碌了，我沒時間好好跟他解釋，結果那孩子從高二結束後成績就……」

他手裡拿著白巧克力製成的鴿子，畫出一條向下墜的線。

「總之，這樣下去的話是沒辦法上GMARCH的。」

「GMARCH是什麼？」

「我居然得解釋這個？」

草太又嘆了一口氣，向我說明GMARCH是以學習院、明智、青山、立教、中央、法政等大學的羅馬拼音（日文發音）首文字所組成的。

「阿樹就讀的那所高中，每年都有四、五個人能夠考進早稻田與慶應大學，但是GMARCH的標準比較低，所以合格人數比較多。因為那孩子高二上學期的成績還不錯，我本來期待能勉強吊車尾，但是他的英文成績卻一點也沒長進。」

「話說回來，你應考的時候，各所名校的簡稱是大東亞帝國⑫呢。我當時挺欽佩這種簡稱方式的，原來現在換成了GMARCH了啊。考試業界的人真的很喜歡這種雙關語呢。」

草太鼻子裡笑了一聲。

「妳是真傻？還是故意這麼說的？現在可不是欽佩雙關語的時候。現在想要就讀私立大學，必須要會英文才行。英文檢定、托福、多益的成績會直接影響入學結果。身為他的父親，我想讓他去上可以增加聽、說、讀、寫能力的專業英語補習班。」

「他已經在上補習班了吧。」

「就是現在的補習班沒辦法完全應付，他的成績才會下滑啊。已經四月了，現在起步已經晚了，我想要盡快讓他去新的補習班。妳也知道，我在F流大學吃了不少苦頭。」

「F流大學是什麼意思？我第一次聽說。」

「妳居然要我來解釋嗎？F是Border Free的F。指的是招生不足、水準低下的大學。妳沒有工作過可能不清楚，學歷可是會跟著你一輩子的，我靠老爸關係進去的公司也有很多學問派系，我不喜歡那種感覺所以才辭職。總之，我不想讓阿樹也走上那條路。」

「如果你已經決定好教育方針，那就讓他去上那個專業英語補習班啊。」

草太抬眼看著我。

「那，妳借我錢啊。」

果然是來要錢的。雖然我早有預感，但實際從自己兒子口中聽見那句話，心裡還是不太舒服。我將檸檬派切成小塊，一口一口地吃著。

草太雙手撐著桌子，低頭拜託我。

「拜託了，請借我兩百萬圓。」

「只是上個補習班為什麼要這麼多錢？再說了——」

我幾乎克制不住我滿腔的怒火，不過我依然藉著喝紅茶來掩飾我的怒氣。

「拜託了。除了專業英語補習班之外，我還想讓阿樹去個別指導的應考加強班。」

「我沒有那麼多錢。」

我想起昨天櫻花樹下那通電話，那果然是「猜猜我是誰」的詐欺電話。孤獨的老年人一旦覺得自己可以幫上兒子的忙就會相當高興，那些詐欺犯深知這一點，才會利用這種卑劣的手段來騙錢。

⓬ 大東亞帝國是日本的一個非官方的大學統稱，分別包括以下大學：（大）大東文化大學或大正大學、（東）東海大學、（亞）亞細亞大學、（帝）帝京大學、（國）國士館大學或國學院大學。

「再說了，我借錢給你，你從來沒有還過。」

結婚資金不夠、生產費用不足、必須要一台休旅車、想讓阿樹上完全中學、想要改建二樓廚房的用水設備……過去兒子總是會提出一大堆理由，要我為他們一家子買單。

「妳別這麼說嘛，妳看啊，現在我又沒有收入。」

「現在是未來子負責賺錢養家吧。」

「話是沒錯，但我們也得存阿樹的大學學費啊。況且妳還有存款，也有不少年金可以領。」

「很少啊。」

「什麼？」

「為了讓我安心度過餘生，這點錢根本不夠。被家人拋棄的我，唯一能相信的只有錢了。再多的錢也不夠用。更何況才這麼一點……」

都是因為這個蠢兒子，害我失去難以估計的回憶。

「我想你應該清楚，你轉讓給別人的那塊土地，是你外公留給我的。結果你卻……」

父親葬禮那天，我將他的遺骨埋在庭院裡的櫻花樹下。

「爸爸，你要成為櫻花精靈，讓這棵樹每年都能開出美麗的花朵喔。我也會一直守護著你直到生命盡頭。」

當時年紀尚小的草太在樹下埋了裝有信件的時光膠囊。

「外公，我們要一直住在這裡，永遠在一起喔！」

我記得他當時還畫了父親的畫像，和信件放在一起。

「妳也知道我現在的難處吧，那妳就別像鬼一樣一直說些難聽話啊。」

草太發出不滿的咂舌聲。

盤子上還剩半個玫瑰狀檸檬派。我喝光紅茶，單寧酸的苦澀味道還停留在喉間。

「我不是銀行的ATM。我趁這次機會跟你說清楚，過去我曾是你們一家子的ATM，但已經結束營業了，今後不管你們把孫子的名字當成密碼輸入多少次，我也不會再吐錢出來了。」

我本想立刻起身離開，腳卻使不上力氣。我雙手撐著白色桌子，慢慢地站起來。

「我能出的錢只有這些。」

我從包包中拿出錢包，掏出五千圓放在桌上。

「媽媽……」

我沒有回頭，直接走出咖啡廳。

強勁的海風穿過參拜道路，吹拂著我的臉頰。原本掉在肩上的花瓣也隨風飄落。多麼宜人的春天，然而在我心中的那一團霧卻沒有任何消失的跡象。淡紅色拱門對面是第二鳥居，我是從何時開始走路走得這麼急的呢？我必須動起來，如果不這麼做，我擔心我的血會衝上腦門，隨時可能倒下。

兩百萬圓？他以為只要搬出孫子的名字，我就會笑著雙手捧上現金嗎？這就是典型的得寸進尺，原來自己被兒子看扁到這種程度。不對，從很早之前他就已經不把我當人看了。

我明明已經將不願再想起的對話埋葬在記憶深處，此時卻再度浮現。

「你也該跟你媽說清楚了吧，我們不會帶她去新家，叫她快點找地方搬走。」

「哎呀，可是這樣會不會太過分了？」

「哪裡過分？她可是沒有出過半點生活費喔！明明有一大堆存款，年金也領得不少，她那個樣子就叫米蟲，你知道嗎？」

「米蟲？什麼意思？我是不太清楚，但她偶爾會做做飯、打掃庭院啊，我也看過她照顧樹木的樣子啊。」

「煮飯是你的工作，以後不用打掃庭院了，把那個沒用的廢物帶去新家，也只是增加負擔而已。」

沒用的廢物——媳婦故意說得很大聲，讓住在樓下的我聽得一清二楚。那時候的痛楚依然沒有消失。這次草太要錢不成，我又要被烙上「沒用廢物」的印記了。一陣風吹過，我腳邊的花瓣開始翩翩起舞，淡粉色的圓舞顯得十分朦朧。

走著走著來到了郵局前，我突然停下腳步。這條路……我在前方路口向左轉彎，往前走了一小段路，走到底之後右轉，視野中出現一座小橋，我走過小橋，穿過滑川後，平交道就在眼前。我記得就在這附近。在那裡！在掛著紅色招牌的煙草店右轉，在住宅區走了一小段路後，終於看到熟悉的銀色煙囪。

太好了，這家店還沒有歇業。

傳統的宮殿建築，設有千鳥破風的磚瓦屋頂下，掛著用紅字寫著「湯」的暖簾，我穿過暖簾走進去。玄關鋪滿天藍色和淺黃色的瓷磚，走到鞋櫃前，我停下腳步。鎖頭上的鴛鴦圖案依舊如昔。我抽出置物櫃上與我視線平高的木牌。二十五。印刷的文字淡了許多。

以前我常和先生一起來這裡，儘管住家附近就有澡堂，但先生對這裡情有獨鍾。

「那，一個小時後在這裡集合喔。」

「你要泡那麼久啊？」

「難得搭電車來一趟嘛，我想盡情地享受啊。」

單身時期，曾借住在材木座的親戚家的先生，又開始說起老掉牙的回憶。

「叔叔家的浴室總覺得有點侷促，所以我一週會過來一次。我很想念那種可以盡情伸展手腳的釋放感啊。」

現在的我，已經能夠瞭解他當時的心情。我家咖啡館有寬敞的浴室，還有一個足以躺平的大浴缸。大家每次都會放滿熱水，像是在飯店的浴缸裡泡澡一樣；大家有各自習慣的入浴時間，香良是一大早，三樹子是早上十點至十一點，里子和步美則是深夜。我通常選在晚餐過後入浴，但我對於進入浴缸泡澡有所牴觸。如果不小心弄髒了，會給大家添麻煩，所以我總是用淋浴來解決。不過……受到兒子殘忍對待的這一天；身心俱疲、萬念俱灰的這一天，我想要好好用大量的熱水洗乾淨這一切。

櫃檯坐著一位四十來歲的女性。我付清入浴費及入浴套組的費用，走向更衣室。高聳的天花板、年代久遠的掛鐘、磨損嚴重的地板。空氣中有肥皂、木頭以及消毒水的味道，有種讓人安心的感覺。這裡只有我一個人。輕薄的針織衫、鬆緊褲、褲襪……一一除去覆蓋在身上的衣物後，我頓時覺得如釋重負。我帶著一條毛巾，拉開前往清洗區的拉門。

水色的牆壁上所貼金魚與鯉魚的馬賽克磚畫和我記憶中一模一樣。我想起丈夫曾告訴我，這種清洗區圍繞著浴池的設計，是關西的風格。白髮蒼蒼的奶奶及四十歲的豐滿女性正泡在浴池裡。我向她們眼神示意，她們回我和善的微笑。我手裡拿著底部用紅字印刷著「kerorin」字樣的桶子，移動至離我最近的清洗區。

蓮蓬頭流出熱水，我將沐浴乳擠在手裡。我和鏡中渾身抹滿泡沫的自己對視。我已經很久沒有這樣悠閒地清洗自己的身體，也不用在意到處飛濺的泡泡。冉冉上升的熱氣包圍著我，讓我臉上的皺紋及失去彈性的身體，看起來順眼多了。

「那隻金魚好可愛喔。」

「其實金魚是配角，鯉魚才是主角，代表鯉來鯉來你來你來，希望顧客可以源源不絕而來。」

「原來是這樣啊，借用了鯉字呢。」

「現在仔細一看才發現，那是用出色的九谷燒磁磚貼成的呢。這間澡堂是昭和三十年落成的，比妳和陽太的年紀大得多喔。」

「哇！已經那麼久了嗎？和我媽同一年出生呢。」

「當時我也還沒認識妳公公，那時候日本仍不富裕，這附近的大多數家庭都沒有浴缸，所以澡堂落成時，還引起了不小騷動。穿過那道像神社的門，來到清洗區，就會看到這亮晶晶的水色磁磚，這種組合洋氣十足，在這裡洗澡，感覺自己也成為上流社會人士了呢。」

「就像現代的SPA那樣嗎？」

「SPA？雖然我沒有去過，但我想應該就是那種感覺吧。」

她們兩位在我身後交談著。

「好了，身體變得暖和了，我們該起來準備回家了。」

「好啊，準備回去吧。」

我聽見她們迅速從熱水中起來的動靜聲。

「媽，小心點，慢慢起來就好。」

熱水蕩起波紋。

「也對，慢慢來就好。欸咻。」

她們兩位走到對面的清洗區。

我停止搓洗後背，用水沖掉身上的泡沫。我扶著牆壁站起來，進入水色的浴池。我慢慢地將身體沒入水中，一直到脖子的位置。使用柴火煮沸的熱水相當柔和，像輕柔的羽衣包裹在身上一般。天窗外吹進來的風輕輕拂過臉頰，水蒸氣凝成白色的霧氣，在空中緩緩飄動。我在熱水裡放鬆雙手，伸直雙腿。身體浮在水中，感覺輕盈許多。

清洗區裡，老婆婆正洗著頭髮，高高的泡沫看起來就像鮮奶油一樣。

「洗乾淨了。」

站在老婆婆旁邊的女性，拿著裝滿水的桶子站起來。

「媽，我沖水了喔。」

老婆婆用雙手捂住耳朵，縮起本就已經駝背的身體。

「好——麻煩妳了。」

女性像輕撫著老婆婆般，慢慢地一點一點地倒著水。

「我要再沖一次水喔。」

倒熱水的聲音相當柔和。

「謝謝啊，真謝謝妳。」

我把浮起來的腳壓進水底，背往後一靠。方才因為入浴所得到的釋放感瞬間消逝得無影無蹤。大多數的人看見這種場景，或許會感到心中暖暖的，但我不是。我不太痛快，因為我很嫉妒她們；嫉妒這對陌生女性之間的關係。

我本來想多泡一會兒熱水，徹底放空腦子，讓熱水撫慰我的身心。不過算了，到此為止吧。我扶著浴池的扶手起身，走向更衣室。一拉開拉門，一位年輕女性正在脫衣服，充滿年輕活力的小麥色胴體，完全不需要遮掩，她關上置物櫃的門之後，光溜溜地前往清洗區。方才的老婆婆和年輕女性擦身而過，走了出來。她媳婦應該還在清洗區裡洗著自己的頭髮吧。

老婆婆關上拉門後，又回過頭去，朝著大浴場雙手合十。

「真的洗了個相當舒服的澡，謝謝妳。不僅照顧我，讓我身體如此健康長壽，還帶我回來這裡，真的感恩、感謝、感激妳。」

她說完之後，朝著大浴池方向深深地鞠躬。

「謝謝啊，真謝謝妳。」隔著霧氣聽見的那句話，又在我的耳朵響起。有人的媳婦會幫忙洗頭髮，而我的媳婦卻把我趕出家門。為什麼只有我遇上這種事……

我把毛巾蓋在頭上，避免和老婆婆有眼神接觸，用力地擦著濕髮。

＊ ＊ ＊

嗶嗶嗶、嗶嗶嗶嗶——

朝陽從山茶花圖案的彩繪玻璃射進房子裡，鳥鳴聲不絕於耳，像鬧鐘一樣，越來越大聲，就像有人在我耳邊吹著笛子。

唧唧唧、唧唧唧——

接著傳來的鳥叫聲，就像指甲刮在玻璃上的聲音，一如既往的高亢。犯人是正值發情期的棕耳鵯。從這個聲音的距離來看，應該是停在窗邊那棵山茱萸上。年輕的時候，要是聽見這麼大的聲音，一定立刻驚醒，現在則是連捂住耳朵都懶得動了。

昨天傍晚，一從澡堂回到這裡，我就縮在這間兩坪大的房間角落。過沒多久，「吃晚餐囉」，三樹子來喊我吃飯，我感覺自己全身的血液彷彿瞬間被抽乾，冷汗順著皮膚滲出。

「我胃不太舒服，正在休息。」我回答完便躺了下來。約莫一小時後，「要不要煮點粥給妳吃？」香良過來問我，但我實在起不來，所以拒絕了。之後又過了半天，我臉也沒洗、牙也沒刷，甚至沒有換衣服，就這樣一直躺在床上。覺得自己睡睡醒醒，所以睜開了眼睛，結果還是昏昏欲睡……只有用快煮壺中的熱水沖泡煎茶時，才勉強移動身體。

我覺得無比地疲勞。不僅身體疲累，連心靈也失去彈性，對什麼事情都不感興趣。

我繼續躺著，環視著整個房間。房間裡除了內建的櫃子外，稱得上家具的物品，只剩下床鋪與一座小小的收納櫃。儘管不大，但我很喜歡使用天然木頭製作的腰牆，以及刷成淡粉色的牆壁，在作為儲藏室之前，可能是香良小時候的房間。如果我繼續這樣不吃不喝的話，不久之後就會因衰弱而死吧。如此一來便會給我家咖啡館的各位增添麻煩。香良、三樹子、里子、步美……她們並不是壞人，只要我往前跨出一步，或許可以和她們更親近些，可是，該和年齡小自己兩輪，感覺又有點彆扭的女人們說些什麼，才能打進她們的圈子呢？我不想讓她們用同情的眼神看我，覺得必須接受我這個「被家人拋棄的可憐老人」。開啟一段新關係，讓我既害怕又覺得麻煩。

右腰突然一陣悶痛，我在被窩裡揉著腰。搬到這裡之後，我先隨便在網路上買了張簡易床，躺久了之後身體也開始出現問題。

「千惠妳這樣的行為，就叫做省小錢花大錢，知道嗎？」

「可是，是你告訴我的，年紀大了，睡床比睡墊負擔來得小。所以我才……」

「我是說了，但我沒有叫妳買便宜貨啊。千惠老是『先隨便買一個』，這樣是不行的。」

如果丈夫還在世，一定會這麼說的。過去一起生活時，還覺得他很多話，現在卻有點懷念。無論是責備或忠告都好，希望有人可以搭理自己。

好寂寞啊。我不自覺地說出聲。說出來就輸了，自己會變得更加悲慘，過去我一直強撐著不說，不過已經到極限了，我承認自己很寂寞。被媳婦輕視、被兒子拋棄，我到底做錯什麼了呢？即使反省了，仍無法挽回任何東西。一想到接下的每一天都得過這種日子，我就不寒而慄。我把棉被蓋至頭頂，聞到一股悶潮味，就像潮濕的舊書。

「哦，妳已經出來啦，果然澡堂很舒服吧。」

先生從畫著小雞圖案的藍色暖簾下鑽了出來。到底是要讓我等多久啊。剛剃完鬍子的痕跡很明顯，他身上穿著灰色的厚毛衣，捲著袖子，露出一口白牙。

「老公，已經春天了，你這身打扮過季了啦。」

「妳才是呢，為什麼要穿成那樣。」

不知不覺間，我身上竟穿著櫻花色的亮片洋裝，那雙如狸貓的眼睛盯著我瞧。

「千惠妳很愛裝模作樣呢，千惠妳就是愛逞強。總是只在乎別人的眼光，這樣也不好，那樣也不對——」

話還沒說完，丈夫便悄然消失了。只留下像《愛麗絲夢遊仙境》裡柴郡貓的苦笑表情飄在空中。

肚子咕咕叫了起來，我自己聽了都覺得尷尬。

「看吧，妳果然餓了。」

香良打開門走進來。我突然感覺很丟臉，整張臉像剛泡完澡一樣紅。

然後我就醒了。

窗外已變得十分明亮，棕耳鵯的叫聲已經停歇，取而代之的是山雀平穩的叫聲。

我聽到有人敲門。

「加藤女士，妳起床了嗎？」

是香良的聲音。

「啊，起來了。」

我的聲音十分沙啞。

「需要用早餐嗎？」

我用手肘撐起上半身。頭痛得受不了。看了一眼時鐘，已經過八點了，我什麼時候睡著的？還睡了這麼久。

叩叩、叩叩，有人敲門敲得很急。

「千惠子女士，有事憋著不說，對身體不好喔。如果和我們一起吃不方便，可以拿到房間來吃。」

這次說話的人是三樹子。大家都很擔心我。我明明一直期待著此刻，但真正化為現實，卻又莫名覺得惶惶不安。我翻了個身，背對著門。

「我沒事，我再躺一會兒。」

我好不容易擠出這幾個字。又隔了一會兒。

「加藤女士，我是步美。妳真的還好嗎？那個，是不是我的鼾聲太大聲吵到妳了？」

我下了床，緩緩地移動到門邊。「沒有的事，我只是有點累而已。」我回答道。

「真的嗎？身體好一點的話，請下樓來。如果爬不動樓梯，我可以抱妳下樓……妳也知道的，我力氣可大了。」

「哪有，常常被認成西鄉殿的我力氣才大，我來抱，俊你說對吧。」

里子說完後，俊跟著汪了一聲。我靜靜地把耳朵貼在門板上。她們正低語著商量著什麼事情。只要我現在打開門……但我做不到，我不知道該用什麼表情面對她們。不久後，她們便一個接一個下樓了，聲音漸行漸遠。

長時間躺著，讓我的身體使不上力氣，我走回床鋪坐下來，喝光杯中剩餘三分之一的煎茶。外面天氣很好，我拉開窗簾，想著如果透透氣，應該也可以改變心情。不對，現在我該做的事，是打開那扇離我不遠的門，雖然心裡明白，但身體卻不聽使喚。我到底要把自己關在這個陰暗的房間裡多久呢？好不容易大家為我製造台階，為什麼我要固執到這種地步呢？頭腦深處一陣麻痺般的沉重感襲來，我伸手去拿櫃子上的手鏡。這是誰？鏡中這個老太太……凌亂的頭髮、充滿皺紋的眼下有著嚴重的黑眼圈及乾燥的肌膚。我把手鏡蓋在床鋪上，頂著這張糟糕的臉，我這一輩子都無法下樓。

奇怪？

我用雙手敲了敲頭，不知何處傳來了悲傷的喇叭聲音。我還在作夢嗎？這不是夢。這是年輕時我和先生看過的電影《大路》（*La strada*）主題曲〈潔索米娜〉（*Gelsomina*）。

我想起幾十年前看過的黑白電影畫面，打扮成小丑的女性潔索米娜，臉上掛著悲傷的笑容。

「這世界上所有的東西都有用處，例如這個石頭，哪一顆都無所謂，不管多小的石頭都會發揮它的作用。」

我回想起走鋼索的表演者對潔索米娜說的話，當時潔索米娜因為覺得自己一無是處而感到悲傷。

「無論什麼樣的小石頭，一定都會有它存在的意義，如果妳覺得它沒有用處，那麼世間萬物皆無用處。無論是天上的星星，或是妳自己。」

看完電影後，先生對我這麼說。

「一看到女主角，我就立刻想起妳了。」

「好過分，我才沒有像她那麼可憐呢。」

「千惠妳真是一點也不懂。潔索米娜在義大利語中是茉莉花的意思，象徵著純潔。我這麼說妳可能會不高興，但妳其實沒有自己想像中的那麼強大，所以妳總是逞強，不願在別人面前示弱。但是妳千萬別忘了，一定會有某人在某處默默守護著妳。」

好像明白，又不完全明白……當時才二十幾歲，正值年輕氣盛，我聽完就簡單帶過了。可是，已過古稀之年的現在，他說的那番話卻深深地打動著我。過去我總是搞不懂先生內心的想法，而我竟到了現在才察覺，他是用他自己的方式表達對我的關心與在意。

不知不覺中，音樂已經結束，但我的腦海中仍迴盪著喇叭的聲音。現在的我既不年輕，也沒自信，甚至失去了感謝的能力，這樣的我，真的可以繼續留在這個世界上嗎？若繼續留在這個世界上，我又能有什麼用處呢？我的淚水開始潰堤。

＊＊＊

我手扶著牆壁，一階一階地下著樓梯，剩下三階時，我停下腳步，深呼吸一口氣。因為躺了大半天，身體完全使不出力氣。想到接下來要走到客廳去，腳步愈加沉重了。「身體好一點的話，請下樓來。」我想起步美在門後說的那句話。我的身體真的好多了嗎？

我拉開胡桃木門，餐桌前沒有人在。

「哎呀。」

香良從廚房探出頭來，臉上掛著與往常無異的笑容。我想報以微笑，但臉頰卻不聽使喚。掛鐘顯示現在時刻為十點半。

我坐在看得見窗外風景的老位置。綠繡眼覬覦著盛開的八重櫻花蜜，在樹梢上高聲鳴唱，在我側耳傾聽之際，香良端著咖啡走過來。托盤上放著鋪滿核桃的吐司，另一個盤子放著紅蘿蔔絲。

「啊，這是？」

綠灰色杯子裡，漂浮著一朵櫻花。

「這是我用庭院中開的櫻花做的。」

「今年的櫻花？」

「是的，那一棵——」

香良用表情詢問我是否可以坐下，我點頭同意後，她坐在我正對面的椅子上。

「就是那棵櫻花樹，我用鹽醃過之後加入了蜂蜜。」

「蜂蜜？」

「我看妳平時都會剩一些咖啡，所以我試著加入甜味。」

「對不起，讓妳費心了。」

「我才要向妳道歉，我也想過是否應該幫妳換成紅茶比較好，但藉著難得的機會，我還是想讓妳體會到咖啡的美味。不好意思，我有點過於強迫推銷了。」

「沒有沒有，是我太固執了。」

想到我必須繼續喝著苦澀的咖啡，心情便十分憂鬱，不過，我還真是現實啊，光是覺得自己被關心著，心情頓時輕鬆了不少。我撕了一小塊蜂蜜吐司送入口中，天然的甜味沁入我空空如也的胃中。雖然空間裡只有咀嚼的聲音，但奇怪的是，我一點也不覺得難受。

「可是，為什麼妳對咖啡如此堅持呢？」

我試著提問。

「嗯——為什麼呢？因為是黑色的……我這麼說妳也不明白對吧。要是三樹子在這裡，她又要怪我說一些沒人聽得懂的話了。對了，妳知道什麼是刮畫嗎？先在圖畫紙底層用蠟筆塗上許多顏色，再將整張紙塗黑，然後用尖尖的東西去刮……」

「我知道，黑色的底色上面就會出現許多顏色。」

孫子阿樹就讀幼兒園時，相當熱愛刮畫。

「每次我喝咖啡，總是莫名地聯想到刮畫。黑漆漆的外觀，看起來就覺得很苦，一開始的確和我預料的一樣，只嚐到了苦味，但是，下一瞬間就會出現各種顏色與香味，在我腦海中形成多采多姿的畫面。我非常喜歡這種感覺。」

我握著杯子的手把。

「有沒有什麼喝法，可以讓我嚐到妳說的顏色與香味？」

「喝法並沒有什麼講究，不過呢，儘管覺得很苦，也不要一口氣喝下去，或許可以試試讓咖啡在舌尖稍微停留一下。」

我含著一小口咖啡。雖然還是有苦味，但多虧了蜂蜜，比平時順口多了。沒過多久，淡淡的酸甜味漸漸瀰漫開來。如果借用香良所說的刮畫來形容的話，此時出現的顏色應該是橘色與黃色吧。

「經妳這麼一說——」

我本來想說「好喝」，但我決定誠實一回。

「我有發現在苦味之後，還隱藏著許多其他的味道。只要繼續喝下去，或許就能發現更多顏色與氣味了。」

香良開心地點點頭。

「對了，我想多做一點鹽漬櫻花，早上我已經去摘好櫻花了，如果方便的話，妳願不願意邊喝咖啡，邊幫我處理櫻花呢？」

「沒問題，如果我能幫得上忙的話。」

香良走向廚房。八重櫻漂浮在杯中，彷彿為綠中帶灰的稜紋杯子重新注入生命。話說回來，從我第一天來到這裡，一直使用著這個杯子，專屬於我的杯子。我輕輕摸著稜紋，香良端著放在篩子上、已經瀝完水的櫻花走過來。

「雖然半開的花也不錯，但我認為如果再開大一點，看起來會比較蓬鬆。」

「是啊。那樣子比較能展現出八重櫻的優點呢。是要摘掉這個比較硬的梗吧。」

我拿起櫻花，可以隱約聞到春天的氣味。

「是的，不好意思，拜託妳做這麼麻煩的事。」

「不會不會，其實我挺喜歡做這些事的。」

我拿起一朵鮮豔粉紅的八重櫻，抽出硬梗。住在大船時，我偶爾也會做鹽漬櫻花。

「我很嚮往這種時光呢。」

香良手裡轉著櫻花，一邊對我說。

「妳可能不清楚，我母親在我童年時期便拋棄了我。所以家裡的事情都是父親教我做的。父親以他的方式教會我許多事物，我很感激他。可是，也有許多同為女性才能瞭解的事。儘管我心裡想著要是能有一位可靠的同性陪在我身邊就好了，但身為一介遭母親拋棄的小孩，實在不願意承認這一點。」

我看了看放在窗前的相框。與香良神似的眼鏡男，臉上掛著不太自在的笑容。

「父親過世之後，我變得更加倔強，我不斷地說服自己，我一個人可以的！靠自己也可以好好活下去。可是，在我家咖啡館正式經營合租民宿後，我的想法開始有了轉變。像這樣大家有緣同住於一個屋簷下，可以彼此依靠、互相幫助，其實也很不錯。」

之後香良沒繼續說話，只是默默地處理著櫻花，似乎沒有期待我做出什麼回應。陽光透過窗戶灑進室內。明明已經住了一個月，我卻現在才注意到，窗格裡嵌著不同圖案的毛玻璃，看起來很像拼布藝術；仔細一瞧更發現，餐廳裡的椅子，每一張的設計都不一樣。我總是聽到叫喚就下樓，不聲不響地吃完飯之後就上樓，日復一日，從不打算仔細地欣賞這棟房子。

「不好意思，我能請教妳一件事嗎？」

「當然可以，請說。」

香良看著我點頭回應。

「剛剛妳們有來房間外頭叫我，後來我好像聽見了不知道從哪裡傳來的音樂聲。」

「啊，妳說那首歌。因為我想起倉林女士前幾天說過的話。」

「倉林女士？」

我正要摘除硬梗的手停下來。

「是的，倉林女士。雖然我這麼說有點失禮，但妳別看她那樣，她記憶力很好的。妳過世的先生，以前好像常常去拜訪倉林女士家，每次去，他都會說一樣的話。『我老婆啊，喜歡電影配樂。她最喜歡尼諾．羅塔的作品，尤其喜歡電影《大路》的主題曲，只要聽到那首歌，她就會平靜下來。所以每次她感到沮喪時，我都會播放這首曲子當成特效藥』。因此我試著在網路上搜尋這首曲子。」

「怎麼會？那個人也真是的。」

我都不知道，先生居然在外面宣揚這些事。

香良停下手中的作業說道。

「我前陣子才知道，原來我父親生前，也和三樹子做過約定——『等我不在了，請一直陪在香良的身邊』——我聽到這件事時，也覺得爸爸真的太多管閒事了，但同時又有點高興。一直守護著自己的人，即使有一天不在了，還是會準備好禮物送給我們。」

禮物……縱然他沒有買過什麼昂貴的物品給我，但到了這個時候，他依然為我著想。我的心底感到一陣暖意。

「呼哇——舒服多了。」

可能是泡澡泡得太久，頭上包著頭巾的三樹子，頂著一張紅通通的臉走了過來。

「啊，說人人到。」

香良輕笑一聲。

「幹嘛，妳那什麼表情，反正一定是在說我的壞話啦。」

不好意思，讓妳擔心了。我是不是應該口頭表示一下比較好……正當我猶豫之時，三樹子迅速地來到擺滿八重櫻的篩子前，用手托著下巴說。

「妳們在幹嘛？」

「處理鹽漬櫻花的前置作業。」

「哦——那，這個什麼時候能吃？」

「大概一個星期過後吧。」

「好久喔！」

「因為要用鹽醃漬嘛，就是要花這麼長的時間。妳說是吧。」

香良看著我說。

「妳說得沒錯，要在容器的底部鋪上鹽巴，然後在鹽巴上擺滿櫻花，再上一層鹽巴。重複幾次後，以重物加壓放在冰箱冷藏二至三日。第一次醃漬結束後，擠乾水分倒入梅醋，再蓋小鍋蓋放置三天。最後在陰涼處晾曬半天左右就完成了。」

「哦——原來鹽漬櫻花是這樣做出來的啊。我也想讓小里里和步美看一看呢。仔細回想，我們好像缺乏這種經驗呢。我媽老是在工作，不管做什麼總是追求效率，我也受到她的影響，像這種醃漬物都是直接買現成的。不過，把這些裝進瓶子裡，然後每天期待著成品。還沒好嗎？不知道好不好吃啊？這種等待的光陰很不錯呢，期待的心情越來越強烈的感覺。」

三樹子也拿起一朵櫻花，模仿著我摘除硬梗的動作。

「三樹子，妳剛剛有擦乳液對吧。妳洗手了沒？」

「討厭啦，我洗過了。而且有什麼關係嘛，反正都要做成鹽漬櫻花了。」

她像個小孩嘟著嘴巴。

「話說回來……」

我的腦海中浮現了剛搬到這裡時所看到的景象。

「這個房子，也有種植大島櫻吧。」

「對，不過今年的花期已經過了，八重櫻旁邊那棵就是。」

「用大島櫻來泡酒也很好喝喔。」

「真的嗎？」

三樹子的小眼睛裡閃耀著光芒。

「櫻花酒呀，我怎麼沒想到呢。對了，如果要釀酒的話，下個月可以採收藍莓及紅豆。再來七月的話……」

在香良說完之前，三樹子朝我靠了過來。

「千惠子女士，妳的酒量很好嗎？」

「嗯，老實說挺好的。」

忘了從大船的家帶梅酒過來，是我至今仍覺得後悔的事。

「太棒了！那我們一起來釀酒吧，然後每天都來喝一杯吧。一定喔！說好了喔！」她伸出豐腴白皙的小指。我用布滿褶皺的手指勾著她。

「打勾勾！」

一個星期後、一個月後、一年後……今後的樂趣越來越多了。

＊＊＊

掛鐘響起六點的鐘聲。這是大家集合吃晚餐的時間，以前我都是在房間等人來叫我吃飯，但今天不一樣，今天的我站在廚房裡掌勺。我關上瓦斯爐的火。鍋中傳來陣陣我熟悉的咖哩香味。我在裝好白飯的盤子上倒入咖哩。

「哇！好香啊。」

站在我身旁的三樹子看著我開心地笑著，然後將裝有咖哩的盤子擺上托盤。

「那剩下的我來端過去。」

我走向餐桌，在三樹子和自己的位置放上咖哩。

「今天有勞千惠子女士為我們烹飪咖哩。」聽見香良說的話，我覺得有些害羞。

「說什麼有勞，我沒有那麼厲害啦……只是普通的老太太咖哩而已，不嫌棄的話，請大家開始享用吧。」

人生真是瞬息萬變。今天早上我還躲在被窩裡，想著自己可能一輩子就這副模樣了；或許一輩子都起不來了。然而到了傍晚我卻在廚房裡為大家烹煮咖哩。起因是來自三樹子的一句話。

「千惠子姊，我也想提個任性的要求可以嗎？今天星期六是咖哩日，請妳做點什麼給我們吃吧。今天看到妳和香良像母女一樣一起做著鹽漬櫻花，該說是羨慕，還是被搶先了，總之我就是想向妳撒個嬌。」

「那個，可是……」

製作餐點是香良的工作，如此僭越的事情我做不來，本來想拒絕，但香良卻搖搖頭。

「千惠子姊，我也想拜託妳，雖然是三樹子先提議的，但其實我也想吃吃看妳做的咖哩。」

之前香良總是稱呼我為加藤女士，今天第一次叫我「千惠子姊」。單憑這一點，就激發了我想進廚房試試的動機，過去我一直不願意踏進廚房。第一次進廚房，很多料理器具也是第一次用，許多事情都不習慣，也有很多不明白的地方。好不容易完成了，不知道做得好不好吃。我小心翼翼地拿起湯匙，舀起一口放進嘴裡……完成得還不錯。

「好好吃！千惠子姊，這未免太誇張了！」

坐在我對面的三樹子朝我比了個大拇指。

「合妳的胃口嗎？」

「豈止合胃口，簡直是命中注定的口味啊！」

「真的，真的相當美味。那個，對不起啊，我說話可能有點失禮，不過外觀看起來雖然普通，但吃了一口後真的好驚訝，鮮味真的很濃，而且這個粉紅色的蘿蔔也很好吃。」

步美似乎很喜歡我利用八重櫻製作的醃蘿蔔小菜，她端著小盤子露出滿足的微笑。

「我給★★★★★。洋蔥、豬肉和紅蘿蔔加上鴻喜菇，這樣的組合真不錯。只不過令我心碎的是，吃帶有海鮮味的咖哩醬，配料居然不是海鮮。奇怪，好像有點高高在上？不過，真的很好吃。這種鮮味感覺藏著秘密，雖然我知道這樣很不禮貌，但我想請問提味的秘方是什麼呢？」

坐在旁邊的里子問道。

「說不上什麼提味秘方，不過我用蜆來做高湯，還有醬油，」

我本來想補充一句「只放了少許」，但「哦！原來是蜆啊」三樹子打斷了我的話。

「蜆真是厲害，話說，我剛剛到底在幹嘛，我一直在廚房和餐廳間跑來跑去，結果居然錯過最重要的蜆高湯。」

三樹子笑容滿面地吃著咖哩。

「我先生不太喜歡濃稠的咖哩，我那時就用他最喜歡的蜆熬出高湯加進去，結果他相當中意。自那之後，我們家就一直都煮蜆味咖哩了。」

我主動和大家分享著過去的回憶時，發現自己相當放鬆。有多久沒有這樣自在的談話了呢？

「蜆味咖哩最棒了。無法言喻的柔和辣度，即使我用同樣的材料也做不出這種味道。千惠子姊的生活百味，彷彿淬鍊成了蜆精般的精華呢。」

香良說的話讓我想起一件事。草太也很喜歡這道蜆味咖哩。「這種味道只有老媽做得出來，如果哪天要吃最後的晚餐的話，我一定選這個。」即使結婚後，他有時也會要求我煮這道咖哩。這個不成材的兒子，儘管沒有長成我當初期盼的樣子，即便如此，每次我做這道咖哩，就能收穫許多笑容。每天小小的歡喜，那份記憶迄今仍溫暖著我的心。

「啊，今天傍晚要是我在家就好了，我也想和千惠子姊一起醃製櫻花喔，還想請教妳關於這道咖哩的作法。」

里子用湯匙挖了一口裝得滿滿的咖哩後說道，坐在她對面的步美也點頭稱是。

「真的，以後也一定要教我怎麼做。聽身邊的人分享人生的精彩片段，也是一種美好的時間。在店裡也是，每次店長教我沖咖啡，我都覺得很高興。」

三樹子看著身旁的步美，促狹地笑道。

「那是自然啊，有那麼帥的人教，當然很開心呢。」

步美的雙手在臉前揮來揮去。

「哪是啊……和帥不帥沒關係，店長是沖泡咖啡的專業人士嘛，所以我很感激他願意指導我，哎呀怎麼說才好呢。」

「哦——步美妳的臉染成櫻花色了喔。」

「三樹貓妳別鬧了，感覺很像對少女性騷擾的大叔耶。」

里子說的話引得所有人哄堂大笑，她們兩個人好像親姊妹。

突然間我對上了香良的視線。

「千惠子姊，大家都很想知道蜆味咖哩的作法，下次一定要教我們。」

「好的，如果大家不嫌棄的話，隨時都可以。」

我做的蜆味咖哩稱不上秘密配方，也不像阿樹說的那樣「很吸睛」。即便如此，因為有人誇獎好吃，我就想再做給大家吃，如同過去我為兒子與先生做的那樣。透過製作、透過共同用餐，若是能和眼前的各位產生連結，那麼過去灰暗的日常，也能開始染上色彩。我不知道自己還能活多少年，儘管自己剩餘的時間有限，但我覺得接下來的生活一定可以過得比過去更豐富。我吃了一口染成櫻花色的蘿蔔時，發出了清脆的聲音。酸酸甜甜的春日風味蔓延在口中。

從今天開始，這裡就是我的故鄉，身如飛花隨遇而安。我的腦海中浮現了這樣的句子……

最終章

集真藍派對

眼前出現了「DANS LE VENT」。上一次我過來的時候，金合歡還掛著黃色的花，在灰色天空下，搖曳著銀色的葉子。我從褲袋裡拿出毛巾帕，擦著我脖子上的汗。掛在門上的木牌寫著「CLOSE」，好奇怪喔，今早步美和平時一樣的時間出門啊，發生什麼事了嗎？本來打算翻成「OPEN」，突然想起這不是我的店。我改變主意，直接推開掛著「CLOSE」的門。

伴隨著門鈴聲響，吧檯裡的忠人轉頭看著我。

「來啦。」

「午安，咦，步美呢？」

「她啊，今天因為提前打烊，剛剛就讓她先回去了。」

昨天晚餐過後，步美悄悄地在我耳邊說。「店長說，如果妳明天有空的話，請妳下午兩點去一趟店裡，好像有重要的事要說。」自打工開始，已經過了半年，至少我清楚步美這一方，對忠人有著特殊的感情。說有重要的事，我想或許和他們兩個人今後的關係有關。不過，這只是我單方面猜想罷了；我坐在忠人斜前方，我突然注意到旁邊有花，青磁色的馬克杯插著一朵紫陽花，那是一片直通天際的蔚藍。

「好清澈的藍色啊。」

「這是天藍色，接下來還會變色，現在這階段顏色最好看了。」

忠人沒有再說話，默默地拿起有著獅子標誌的磨豆機。磨豆子的聲音在店內繚繞。

「這是早上剛烘焙好的紫陽花特調喔。」

他將磨好的豆子倒入法蘭絨濾布後，繞著圈倒入熱水。咖啡液體緩緩地滴進咖啡下壺中。

「是為了緬懷一位非常喜愛紫陽花的女性。」

忠人把咖啡倒入海浪圖樣的馬克杯中時說道。「緬懷喜歡紫陽花的女性」。以過去式提起的女性與天藍色。我不知道該如何應對，只能拿起他遞給我的咖啡淺嚐一口。如果實般的酸味與香氣蔓延過後又慢慢淡去，好像藍色的煙火一般，在餘韻中追求那一絲絲的甜味。過去我喝過無數次叔叔烘焙的咖啡，這種滋味倒是第一次。

「是不是很普通？」

「不會，非常好喝。不過，今天店裡的感覺和咖啡的味道，跟平時不太一樣。不過仔細想想，其實我也沒有常來到可以分清楚差異的程度。」

「對吧。」

忠人露出有些落寞的微笑。

「扇谷和材木座，明明都一樣在鎌倉，我們卻一直很疏遠。」短暫的沉默過後，忠人像說服自己般點點頭。

「其實喜歡紫陽花的女性是咲嫂嫂，妳的母親。兩個月前的今天，她去世了。」

心裡閃過了一絲絲的痛楚。

「……這樣啊。」

我不知道要說些什麼，對一個四十年多前離家出走、拋棄我的人。奶奶過世時，她沒有和我聯繫，甚至連父親的葬禮也沒有來，在我心中早就已經抹去她所有的痕跡。即使現在告訴我「她過世了」，我也沒有什麼特別的感覺。

「六十八歲，死於間質性肺病，她好像一直和這個病纏鬥著。」

「你們一直都有聯絡嗎？」

「喔，是啊。」

忠人曖昧地點頭回答。相較於聽到她的死訊，他們兩個一直保持聯絡這件事，反而使我心有動搖。奶奶告訴過我，母親之所以會離家出走，是因為和小叔忠人有不正當的戀愛關係。

「我們一直都有聯繫，半年前見面時，她看起來挺有精神的，但她從不在人前示弱，所以我不知道她的病情，沒想到已經病入膏肓了。咲嫂嫂一直獨自住在葉山，直到臨終前都在朋友經營的番茄農園幫忙。納骨結束後，她的親戚告訴我，找到一張她留下來的便條。因此，她希望我把這個東西交給妳。」

看著他遞給我的圓罐，我差點喘不過氣，那是在藍色底色上畫著寶相花紋的餅乾罐。這種正倉院紋樣看起來與紫陽花相似，我一直很喜歡。小時候我把這個盒子當成了藏寶盒，那是幾歲的事呢？我保管好盒子，在母親生日當天交給她當成生日禮物。時至今日，我如同忘卻母親般，也忘記了這個東西的存在。

「你現在給我這種東西，要我拿它怎麼辦……」

「這裡面好像放著要留給妳的東西。」

忠人緩緩地吐著氣，交叉雙臂，彷彿是想藉由這個動作，自己撐住自己。

「四十年前，咲嫂嫂離開了尾內家。」

「這件事我早就……」

奶奶一直到臨終前都無法原諒母親。

──叫妳媽「滾出去」的人是我，但是我現在還是一肚子火難消，因為那個女人，居然用美色勾引還在念大學的忠人。那種女人，沒資格當妳的母親──

「妳聽我說，是我不好。咲嫂嫂比我姊姊更像姊姊。不知道為什麼，我只對她無話不說，只要兩個人待在一起，就會忘記時間。大哥因工作晚歸時，咲嫂嫂就會來我的房間，和我天南地北的聊個沒完。音樂、電影、書，從這些話題中又談到了人生。連我從未對其他人說過的秘密，我也告訴了她。」

香良將手上的杯子放回桌上。秘密？

忠人摸摸自己充滿鬍碴的下巴，嘆口氣。

「……我愛不了女人。我努力地和許多女性交往過，但我對女性的身體就是起不了反應。那個年代還沒有LGBTQ這種說法，我甚至不知道自己的性取向是什麼，是GAY呢？還是跨性別女？其中也有男性向我求愛，但我一直苦惱著，到底該不該接受。這件事我當然無法對雙親還有大哥說，一想到這輩子都要這麼懸而未決地活下去，就覺得生不如死。而咲嫂嫂卻在這個時候出現在我家，她是一個擁有強大包容力的人。對於自己懷抱的不安、恐懼與寂寞，我第一次產生了向人傾訴的想法。」

忠人看著我。我之前也看過這種種眼神，是步美。當她告訴我，她是男性身體裡裝著女性的心時；當她告訴我想一直住在我家咖啡館裡，希望我聽她解釋時，她也露出了相同的眼神——那麼無比切實又悲哀的眼神。

「我向她說明一切後，咲嫂嫂靜靜地擁抱著我。這個舉動比說任何話更令我開心。她對我來說是如此重要，但我卻沒能好好的守護她。那是大哥去國外出差時發生的事。那天，夜色已晚，我和咲嫂嫂和平時一樣聽著唱片、隨意談天。當她從我房間離開時，被老媽叫住了。咲嫂嫂一回頭，就被老媽賞了一巴掌。『趁忠彥不在家，妳這個女人做了什麼好事！』老媽不停地咒罵著她，咲嫂嫂默默地承受著一切，完全沒有為自己辯解。」

忠人垂下雙眼，咬著唇。

「大哥出差回來那天，老媽把她看到的事情加上推測告訴了他。而我卻只能低著頭，一句話也不敢說。沒多久後，咲嫂嫂就離開家了。『別擔心，我沒事的』。她離開時在我的房門夾了這麼一張便條。」

長久以來深埋在我心裡的景象，一口氣湧上來。道路旁的紫陽花受到雨水拍打而搖晃著。

那天下雨，母親帶著藍色雨傘來幼兒園接我，放學途中我站在母親的傘下說道。

「香良討厭下雨天。」

「為什麼呢？」

深邃的單眼皮雙眸認真地看著我。

「天空好像在哭，讓我的心情變得很不好。」

「那以後下雨天，妳就想想媽媽吧。不論我在哪裡，我都會祈禱，希望香良的心情永遠不會不好。」藍色的雨傘突然在空中轉了一圈。那一個瞬間，母親緊緊地抱住我。「媽媽，好痛喔！」柔軟的臂膀繼續加重擁抱我的力道，我還能聞到她長髮傳來的肥皂氣味。

隔天早上，母親便離開了家。

「爸爸……過世時還不知道真相嗎？」

我不禁開口詢問。忠人搖頭否認。

「我三十歲那年，和他坦承一切，並且鄭重道歉。大哥卻只說『不是你的錯，是我不好，全盤相信了老媽的說詞，我甘願接受懲罰。』」

原來不和母親重修舊好，是父親給自己的懲罰嗎？我又喝了一口咖啡。冷掉的咖啡，只嚐得到苦澀的味道。

「和咲嫂嫂最後一次見面那天，我告訴她，妳開始經營合租民宿的事。結果她十分高興地說：『果然是母女，我也想做一樣的生意。』」

忠人從圍裙口袋中拿出一個水藍色的信封遞給我。

「裡面放了咲嫂嫂的照片，好像是用來當遺照的照片，還有墓地的地圖，是個可以看見由比濱的好地方，妳可以去看看，咲嫂嫂就在那裡等著妳。」

＊＊＊

天空中依然飄著朵朵淺灰色的雲，我仰望著階梯，兩旁種著各種顏色的紫陽花。我一階一階地往上爬，突然注意到眼前一朵隨風搖曳的花，與其他花相比，顏色還不是很藍，儘管如此，淡綠色的花萼已開始在某些地方變成紫色和水藍色，已經準備好要蛻變成鮮豔的藍色了。

「就快到了，這個樓梯有一百八十級，和除夕夜敲響的鐘聲一樣多。只要克服這一段，就會看到寺廟了。我很喜歡從這裡俯瞰整個鎌倉的景色。」

很久很久以前，我和母親一起爬過這座長長的階梯。我停下腳步回頭一望，陽光從雲隙間灑落下來，紫陽花七彩繽紛，底下寬闊的海洋閃閃發光，彷彿灑上銀粉。從忠人的店離開後，一直困擾著我的某種情緒，似乎漸漸散去了。

我前往寺院大門前方的墓地。正如忠人畫給我的地圖，巨大楠木旁的墓地後方，矗立著一根新的卒塔婆⓭。山根家之墓，外公應該也長眠於此吧，很久之前我曾見過他好幾面，現在已回想不出容貌，即便如此，他沉穩的氣質、擁抱我的溫柔感覺，仍深藏於我記憶之中。和外公在一起，妳一定不會寂寞吧。回過神來，我發現自己蹲在墓前，和母親說著話。

我從手提包裡拿出母親留給我的藍色圓罐，裡面放著母親混合的辛香料以及一本小筆記本。翻開紫陽花色的封面，圓潤的字跡寫著「乾咖哩蛋包飯」的食譜，還附上用色鉛筆畫的插圖，製作日期是一九八〇年六月十三日。下一頁是胡蘿蔔咖哩的食譜，這個是一年後的六月十三日記錄的。自從離開家隔年開始，每逢女兒生日必會撰寫的四十道食譜。最後一頁用紙膠帶貼著一個水色的信封。

我撕開藍色雨傘的貼紙，打開信封，有種不好意思的感覺，紙上列著一排排和自己相似的圓潤字跡。

香良，等妳讀到這封信，我已經不在人世了。那又怎麼樣？或許妳會有這種想法吧。那是自然，因為我拋下年幼的妳，獨自離開了那個家。現在的我已無法再辯解了，但還是希望妳聽我說。那時候，我二十八歲，母親早逝，或許是和父親一同生活的緣故，我其實不懂要如何守護「家人」。因為我衝動的行為，尾內家開始出現裂痕。為了不使裂痕持續擴大，我做出自己的決定，選擇離開。或許當時我應該用盡一切言語，努力修復那道裂痕；或許我應該帶著妳一起走，和我父親一起生活，我一直在想，應該有其他的解決方式才對。可是，看著現在的妳，從小沒有母親陪著，也成長為一個這麼優秀的人，我想，當時那個決定並沒有錯。

現在才能告訴妳，其實我在尾內家裡安排了兩株草（間諜），是忠人和隔壁的格拉迪絲女士。對我來說，最大的樂趣就是聽兩株溫柔的草和我分享妳生活中的點點滴滴。

其實，我偷偷地去我家咖啡館看過妳一次，那時正值梅花盛開，綠繡眼高聲歌唱的時節，我從藍色格柵門看向庭院，看見妳在露台和格拉迪絲女士與四位女性談天說地，旁邊還有一隻可愛的柴犬。三樹子小姐、里子小姐、步美小姐、千惠子女士……當我一一連結著房客的姓名和容貌時，這時穿著藍色針織衫的妳，從屋子裡端著咖啡

⑬ 卒塔婆（そとうば）是日本佛教儀式中使用的紀念塔，通常由木材、石頭或其他材料製成，形狀像塔一樣，並用來安置亡者的靈位或作為供奉的象徵。這些塔通常會刻上亡者的名字，並且用於祭祀或安慰亡靈，是日本傳統的葬禮儀式中重要的物品之一。

走出來。雖然我只是遠遠看著，但妳那滿足的笑容實在耀眼。

我一直在思考，作為我在這個世界上的留念，我應該留給妳什麼呢？但當我看見為大家送咖啡的妳，我腦中靈光一閃，想到了葛拉姆馬薩拉（綜合辛香料），混合辛香料沒有固定的比例，每個家都有各自的食譜。肉桂、丁香、小豆蔻、小茴香、胡椒、辣椒……每一種辛香料都有自己的獨特面貌，有些味道甚至讓人不敢恭維。即便如此，只要好好調和鹹味和苦味，就會產生出奇蹟般的香味。如果妳能在我家咖啡館內的附餐中灑上一些，我會很高興的。

香良，我即將不久於人世，不知不覺間，恐懼、悲傷、悔意等情緒都已消失，取而代之的是無比平靜的心情，連我自己都感到驚訝，我想我能好好地迎接那一天的來臨。當妳收到這封信時，想必到處都會盛開著紫陽花吧。

對了，以前妳外公說過紫陽花名字的由來，是由古語中的「集真藍」演變成紫陽花的。聚「集」，藍色的小花，呈現出「真」正「藍」的顏色。每一片小花萼都在各自的節奏中，逐漸改變顏色，最終匯聚成耀眼的藍色。即使春去秋來，花色盡褪，只要經歷寒冬，它們又會冒出新芽，重新化為藍色。這種花相當適合妳創立的我家咖啡館。

聚集在我家咖啡館的人，並不是一家人，或許有一天，大家會各奔東西，妳們之間的關係，沒有血緣、法律或任何事物可以作為擔保，可是正因為這段關係是暫時的，在互相陪伴下，才會開出更美麗的花朵。如果能超越角色和束縛，進而綻放出一朵花，那真是再美好不過了。

等我去了另外一個世界，若要說出有什麼期待，那一定是永遠守護在妳身旁。即使我的身體消失了，但對重要的人的思念，不會因死亡而消失。我可以變成雨，化成風，成為陽光，更加自由地陪在妳身邊，所以香良，請妳和住在我家咖啡館的大家，一起綻放出美麗的「集真藍」，讓我這個自私的母親看看吧。

最後，我有一個厚臉皮的請求。若冰冷的雨水淋濕了妳，請妳想起我，因為無論我在哪裡，變成什麼樣子，我都會守護在妳的身邊，使妳不感到寂寞。

筆於靜靜凝望春雨時

山根咲

雨水輕輕地拍打著我的肩膀。媽媽，妳現在就在這裡吧。我的淚水沿著臉頰滑落。

＊＊＊

多雲的天空下，遠處有鳥兒在歌唱。嗶啾嗶啾嗶啾嗶啾……持續不間斷的鳥鳴聲。

「香良，那是什麼鳥的叫聲啊？一直聽到嗶啾嗶啾，會不會是日本樹鶯？」

坐在我斜前方的三樹子仰望著天空說道。

「這是日本樹鶯稱作『渡谷』的叫聲。正值繁殖期的雄鳥在警戒或興奮時，會發出這樣的叫聲喔。」

「哦？原來日本樹鶯除了布穀布穀之外，還會叫出這種聲音啊。」

「那是當然的啊。」俊汪汪叫著，彷彿在回答三樹子的問題。里子摸摸牠的頭說道。

「說到日本樹鶯就會想到布穀布穀的叫聲，除了春天的叫聲之外，我沒注意過其他叫聲呢？」

「沒錯，沒想到在梅雨季節會啼叫出這麼好聽的聲音。妳們聽，又開始了，渡谷歌聲秀，不知道牠們停在哪裡呢？」

如同在灰色的天空中撒下金粉般的聲音迴盪而起。

「應該在那邊吧。」

千惠子指著庭院後面中間的竹叢。

「雖然都說日本樹鶯喜歡梅花，其實牠們也很喜歡竹叢，牠們常常會在那附近發出喳喳或唧唧唧的普通叫聲。」

「普通叫聲？」

三樹子表示疑惑。

「沒錯，就像我們這樣坐在這裡互相交談一樣，每隻鳥都有普通叫聲以及高亢叫聲，牠們會利用各種叫聲來和彼此溝通。」

三樹子用力地點著頭。

「千惠子姊，我又學到了一課，那這麼說，後面那片竹叢就是日本樹鶯的我家咖啡館了呢。啊，才剛說完又開始了。」

嗶啾嗶啾嗶啾嗶啾，高亢的歌聲再度響起。

「與其說是渡谷，應該說是渡鈴，這聲音好聽得像鈴鐺在空中搖晃著。感覺好像在對逼近的天敵炫耀著，『怎麼樣？我可以唱出這麼美妙的歌聲喔。』」

我說完，坐在我對面的步美止不住笑意。她身上紫色的T恤與背景中開始變色的紫陽花融為一體。

「我也是第一次聽到這樣的歌聲，以前住的房子附近有座野鳥聚集的公園，或許裡面有會唱出如渡谷聲般美妙聲音的鳥兒呢。不過，當時的我沒有心情享受這些，也沒有可以分享這些事的朋友。走在路上，車子行駛的聲音、道路施工的聲音、平交道的聲音……光是要從這些噪音中分辨出手機的鈴聲就十分辛苦了。自從來到我家咖啡館後，我才開始會側耳傾聽這些蟲鳴鳥叫聲。」

「我以前太習以為常，根本沒有察覺到。」

話語不由自主地脫口而出。大家都看向我這裡。

「我知道日本樹鶯會發出渡谷的叫聲，但只是聽著，沒有什麼感想。」

不僅是鳥鳴聲。傾瀉而下的日光、流動的雲朵、微風輕拂、花朵綻放……這些我以前皆視為理所當然，從未留意。是我家咖啡館的大家，讓我注意到這一切是多麼的可貴。因為松鼠的叫聲而驚訝；因樹葉顏色變化而心動；用心等待金合歡開花，看到她們的樣子，讓我明白身在此處是多麼的無可取代。

「對啊，香良總是傻呼呼的嘛。」

三樹子輕笑著，咬了一口吐司。

「明明一臉呆樣，做出來的食物卻特別美味，實在太不可思議了。話說，這是什麼吐司？我很喜歡這個味道，上面灑了什麼東西？」

「葛拉姆馬薩拉。我試著在奶油吐司上灑了一些。」

「葛拉姆馬薩拉，是放在咖哩裡面的香料？可是完全沒有咖哩味耶。」

三樹子咬下最後一口吐司時說道，里子咬了一口自己的吐司接著說。

「因為這裡面沒有放薑黃。馬薩拉是『混合物』的意思，混合各種辛香料，用來增添香氣，而不是強調辣味的。」

「真不愧是美食女王小里里！原來啊，所以這個吐司才很適合配咖啡啊。它們互不干涉味道，話說回來，這杯咖啡和葛拉姆馬薩拉的組合，也太讚了吧！」

如三樹子所言，母親所調和的葛拉姆馬薩拉和叔叔烘焙的紫陽花特調咖啡，意外地相得益彰。

「這杯咖啡，顏色比平時淺了許多呢，感覺很像正在發酵的中國花茶，味道清爽，但充滿著濃郁的香味。要用什麼豆子才能沖出這種味道呢？」

千惠子原本不喜歡喝咖啡，但來到這裡之後，她比任何人都期待每天下午的咖啡時光。

「我去叔叔的店時順道買的，老實說我也不知道是哪些豆子。不過唯一能確定的是，基底豆用的是藝妓豆。」

「藝妓是那個嗎？」

三樹子開始舞動著雙手，不過她跳的看起來像盂蘭盆舞。

「我第一次聽到時也以為是那個藝妓，但其實是衣索比亞西南方一個村莊的名字。顏色比較淺，是為了凸顯這個獨特的花香，我想應該是利用淺焙的方式烘焙而成的。」

千惠子一邊點頭一邊聽著步美說明。

「藝妓豆啊。是超級稀有的豆子呢，的確這個咖啡的滋味很像花，有淡淡的甜味，但也有苦味和酸味及果香味，混合著各種味道，再一點一滴地改變，簡直和紫陽花一模一樣。」

里子喝著深灰色杯子中的咖啡，看看步美身後盛開的紫陽花。

「啊！」

三樹子突然拍著自己的手！

「我想到一個好主意！那個，下個星期六是香良的生日，要不要辦個花派？」

「三樹貓，什麼是花派？」

里子轉頭看著三樹子。

「花園派對。」

「為什麼變成花派？沒有人這樣簡稱的啦。」

里子聳聳肩膀。

「別管什麼簡稱了啦，重要的是，妳們看，這個屋子有很多紫陽花嘛，下週的這個時候，剛好那邊黃綠色的花會變成藍色的，剛好最適合賞花，還有那個，叫什麼？像是藍色石蒜的，百什麼的，點綴在其中，感覺挺不錯的。」

「妳說的是百子蓮，的確和紫陽花很配。」

千惠子點點頭，轉過來看著我。

「藍色的庭院，下週是最漂亮的時候。香良，妳出生在一個相當美好的季節呢。」

「對啊，香良，一大片藍色耶。辦嘛辦嘛，藍色花派！機會難得，那要不要大家約重要的人一起來玩？我的話，嗯，叫福井的那個傻兒子過來好了。」

三樹子豎起大拇指。

「那我呢，應該會叫禮子過來吧。妳們看，感覺有好兆頭喔，俊也很高興呢。」

俊在里子腳旁邊猛搖著尾巴。

「家族團圓。印象中這也是紫陽花的花語之一，很適合我家咖啡館舉辦的派對呢。我也藉此機會試著和孫子聯絡看看吧，雖然不知道他會不會來，我就死馬當活馬醫，傳個LINE給他試試。」

千惠子點點頭，眼尾揚起笑紋。

「我覺得很不錯耶。其實我也很緊張，我家的笨兒子不知道會不會已讀不回，但他以前來這裡住過，和香良的關係也很好，跟他說要辦花派的話，我覺得他會搖著尾巴趕過來……那步美你要叫誰？說起重要的人，應該是材木座的帥哥吧？」

帶著微笑，步美瞪了瞪露出得意笑容的三樹子。

「我和店長會在『DANS LE VENT』見面的。我想應該會找我媽來吧，以前我從未向她介紹過我的朋友，她是愛花和愛狗人士，我想她應該願意從千葉來一趟。」

大家都興致勃勃的，我把手上的青磁色杯子放在桌子上。

「我想可能不錯呢，我希望大家可以用我的生日當作藉口，趁機見見重要的人。」

「當然囉，妳生日就只是個藉口而已啦。」

像線一樣細的眼睛笑得彎彎的。

去年的生日，只有我一個人。自己磨豆子、沖咖啡，替自己烤了一個戚風蛋糕，獨自在露台席欣賞雨景慶祝生日。

我以前一直喜歡獨處的時光。當三樹子邀請我一起經營合租民宿時，我完全沒有興趣。記住專屬某人的咖啡喜好，為了某人思考菜單，為了讓大家保持笑容，小心翼翼地照顧大家的心情，這種日子我根本不想要。可是，緊閉的心扉，在不知不覺間打開了。花園派對，我比這裡的任何人都期待這個派對。

「那香良妳要約誰來？」

三樹子開口問道。

「嗯——秘、密。」

「妳幹嘛笑得那麼耐人尋味？」

想見的人全在這裡了。

杯子中剩下一點深褐色的液體。

「啊，下雨了。」

步美將手伸出露台說道。紫陽花的藍色搖曳著，彷彿在揮去雨滴。我想起父親的背影。

「藍色是酸性，紅色是鹼性，紫陽花的顏色會依照土壤的酸鹼值而改變顏色，咖啡是酸性的，所以會讓紫陽花轉藍。」

多喝一點，快快變藍吧，父親一邊說著一邊把杯子裡剩餘的咖啡倒在紫陽花上。我很喜歡父親看起來有點寂寞卻又很溫柔的背影。

「香良的生日在梅雨季的高峰期呢，我說啊，花派那天如果下雨怎麼辦？」

三樹子擔心地從露台往庭院看。

「下雨的話，大家就都在露台上賞雨就好了。紫陽花很喜歡下雨天喔。」

我走入庭院，蹲在花前面，撥開被雨淋濕的葉子，把杯中剩下的咖啡倒在根部。

多喝一點，快快變藍。

「香良啊！妳在做什麼啊？會淋濕的喔。」

身後傳來三樹子的聲音。我一回頭，露台上的四個人與一隻狗，笑得就像一束花一樣。

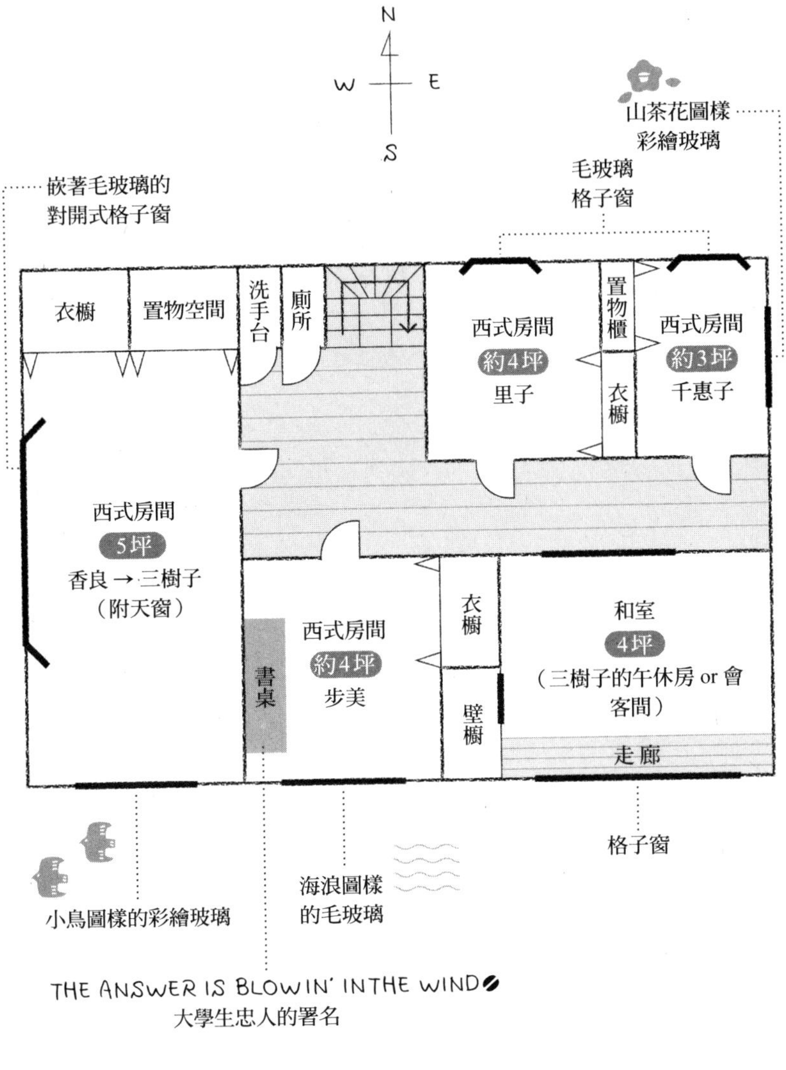
N
W
E
S
山茶花圖樣
彩繪玻璃
毛玻璃
格子窗
嵌著毛玻璃的
對開式格子窗
衣櫥
置物空間
洗手台
廁所
西式房間
約4坪
里子
置物櫃
衣櫥
西式房間
約3坪
千惠子
西式房間
5坪
香良 → 三樹子
（附天窗）
西式房間
約4坪
步美
書桌
衣櫥
壁櫥
和室
4坪
（三樹子的午休房 or 會客間）
走廊
格子窗
小鳥圖樣的彩繪玻璃
海浪圖樣
的毛玻璃
THE ANSWER IS BLOWIN' IN THE WIND
大學生忠人的署名

春日文庫 162

鐮倉車站徒步八分鐘，空房招租中

鎌倉駅徒歩8分、空室あり

鐮倉車站徒步八分鐘,空房招租中/越智月子作 ; 侯萱憶譯. --
初版. -- 臺北市 : 春天出版國際文化有限公司, 2025.04
面 ; 公分. -- (春日文庫 ; 162)
譯自 : 鎌倉駅徒歩８分、空室あり
ISBN 978-626-7637-32-6(平裝)

861.57　　114000539

ISBN 978-626-7637-32-6
Printed in Taiwan

作　者　越智月子
譯　者　侯萱憶
總編輯　莊宜勳
主　編　鍾靈

出版者　春天出版國際文化有限公司
地　址　台北市大安區忠孝東路4段303號4樓之1
電　話　02-7733-4070
傳　眞　02-7733-4069
E－mail　bookspring@bookspring.com.tw
網　址　http://www.bookspring.com.tw
部落格　http://blog.pixnet.net/bookspring
郵政帳號　19705538
戶　名　春天出版國際文化有限公司
法律顧問　蕭顯忠律師事務所
出版日期　二〇二五年四月初版

定　價　380元

總經銷　楨德圖書事業有限公司
地　址　新北市新店區中興路二段196號8樓
電　話　02-8919-3186
傳　眞　02-8914-5524
香港總代理　一代匯集
地　址　九龍旺角塘尾道64號 龍駒企業大廈10 B&D室
電　話　852-2783-8102
傳　眞　852-2396-0050